I0621768

The Unlikely Twins and More Stories

Ed Fair

Published by Ed Fair, 2024.

Table of Contents

First paperback and eBook edition February 2024
Contact for permissions
Ed Fair
ezflaw@gmail.com

PREFACE

While similar in some respects to my first book *SLOW DESCENT AND OTHER LITTLE STORIES*, this collection differs significantly. In terms of content, it is exactly the opposite in that it contains ten short stories and only one poem.

Additionally, it was conceived and written much faster than the first collection. Each story here, save for "Lucky" and the poem "Life Imitates Life", originated between mid-May and mid-August 2023. The other nine stories came about during our travels through Ecuador, some in Quito, others in Cuenca, a couple in Baños de Agua Santa and still others in scattered locations in the southern part of the country. The title story "The Unlikely Twins" began at the Copalinga birding lodge not far from the Ecuador – Peru border, while "Crusty and the Kid" began to emerge at the Casa Simpson birding lodge, also near the border.

The lone poem "Life Imitates Life" began in Grecia, Costa Rica in 2022 and was intended for the first collection, but it never seemed to fit with the other poems. It found a home here.

"Lucky" is the exception. This story grew out of a strange concept that came to me in my teens and would pop back into my head without warning through the years. It is one of my personal favorites.

Virtually all stories were written and finalized during travels in Ecuador (Cuenca, Loja, and Quito), Mexico (Mexico City, San Miguel de Allende, and Guadalajara) and Austin, Texas. Isa's excellent Spanish translations followed shortly after the completion of each English version. She completed most of her editing work as we traveled through the U.S. and Argentina.

I have included acknowledgments and some afterthoughts following the last story in English and before the Spanish versions of the stories.

Tlaquepaque, Guadalajara, Mexico

THE UNLIKELY TWINS

They were twins, but certainly not identical in either the literal or the medical sense. The town doctor called them fraternal twins yet only in the broadest application of the term. Harlon, the heftier of the two, came into the world exactly four minutes after Marlon. Sadly, their mom died shortly after she gave birth to Harlon. Granny took on the burdensome chore of raising the twins. Not an easy task for Granny who had begun to show her age in every possible way.

Except for the closeness of development in their mother's womb and the timing of birth, neither of which was by their choice, Harlon and Marlon could not have been farther apart in virtually every aspect of life. To call them "different" would be to trivialize the obvious.

Marlon grew to be tall and thin as a rail but a rail with muscles. Harlon didn't grow to be much at all in that he was short, flabby, and overweight which became apparent at a very young age. If the twins stood next to each other, an event that happened about as often as a full solar eclipse, the vision suggested that of a creosote light post stuck straight into the ground next to a small, round, and unpolished rock.

For the price of a dime at the carnival, one would never have guessed that they hailed from the same family, much less that they were twins. Simply put, they carried not a shred of physical resemblance, but that was just the iceberg tip of their differences. Differences that became increasingly evident almost from the moment they took their first breaths.

Marlon learned to walk quickly and steadily, and with a very determined gate, but refused to mutter an intelligible word until well after his second birthday. Harlon could speak as clearly as a bell at ten months but preferred to orate from his hand-made wooden crib; a crib that already had begun to bow and sag under Harlon's magnitude. Granny wondered if he would ever walk. She prayed it would happen soon because her knees were giving out. She feared she might have to ask her neighbor, the young neighbor, not the neighbor who was more feeble than she was, to build a wagon to pull him around.

Harlon wheezed when he talked maybe because of his girth. Marlon gave a soft but noticeable whistle through his teeth every time he encountered an "s" at the beginning, middle or end of any word. Nobody knew why, because for someone who had never received any dental attention, his teeth appeared to the casual onlooker as pearly white and pencil straight.

Harlon studied hard and did well in the one-room schoolhouse in the tiny hamlet of Sierra Blanca in far west Texas. Marlon failed almost every class every year, but the teachers kept pushing him up to the next level until he dropped out in the seventh grade.

Marlon had a bright and cheerful personality, well-liked by the few other neighborhood kids. Harlon developed a sullen and dark disposition. He preferred to stay indoors as long as Granny would let him. While indoors, he spent hours doting on Princess, the family hound who, for some unknown and inexplicable reason, Granny let live in the house. Marlon loved horses and spent most of his free time outdoors grooming the two in the barn.

Harlon read every book Granny gave him and could recite many passages by heart, although there was generally no one there to listen since Granny had become deaf as a shovel. Marlon could barely read, but he loved to sing, which he often did at the top of his lungs and at dawn like a rooster. Since he had a nice voice, Granny loved it, at least before she went deaf, and let him go at it full bore even with his whistling away at every "s" he confronted. Harlon hated it, and if he wasn't so lazy, he might have tried to find a way to make Marlon stop.

Since Harlon was a loner, he never had a girlfriend and certainly never married. Girls and women of all ages loved Marlon. Consequently, he married young.

In their late teens, the twins said goodbye to Granny, although she couldn't hear them, went their separate ways, and cut off all contact. Marlon and his wife moved to somewhere in New Mexico. Harlon, finally having mustered up the strength to leave the house, waddled off to southeastern Arizona. For all one of the twins knew, the other could be dead. That might have been the end of the story, but it wasn't.

Harlon and Marlon DID share an affinity for one dangerous vice. They both scraped by with the occasional bank robbery. Not just any bank, but banks in the smallest towns imaginable. The twins did not rob banks together but separately and with their independent bands of nefarious followers. Later, some folks would say they shared this tendency because neither of them could, nor cared to, hold a job for any meaningful period of time.

Because of the infrequency of the robberies, and the fact that they took place in miniscule and mostly forgotten banks and communities, they did not cause too much alarm in 1940. In fact, neither twin had ever been identified, and their faces never graced a single wanted poster.

Harlon and his degenerates stuck to pint-sized towns, like Dragoon and Miracle Valley, in the rougher parts of the southeastern Arizona mountains. Marlon and his drifters spent their time in the dry and desolate parts of southern New Mexico, hitting banks in La Hacienda and Chamberino, among other near-deserted villages. They never ventured as far east as El Paso or crossed the border into Mexico, although they did once hit the bank in Columbus, made famous some 25 years earlier when it was raided by troops loyal to Pancho Villa. The twins pulled in just enough money from these periodic heists to keep them in food, coffee, and tobacco for several months.

Rodeo, New Mexico, a tiny spec near the border with Arizona, had once been a stop on the El Paso and Southwestern Railroad line. It even had its moment as a cattle-shipping point for some of the ranchers on both sides of the Arizona-New Mexico border. Copper and other minerals had also passed through the line on the way to El Paso from the west. That all stopped cold with the copper industry collapse of 1924 which in turn led to the merger of some of the railroads and the inevitable closing of many of the lines. That included the line through Rodeo.

In the late 1800s, the Rodeo First Savings Bank and Trust opened in the little outpost. Not only was it the first bank but the only bank in Rodeo. Many of the wealthier New Mexico ranchers favored the bank as did some of the prosperous mine company owners, operators, and prospectors from Arizona. Even after the collapse and the closing of the railroad line, significant amounts of money remained in the area, and those with it continued to support and appreciate the little bank and the ease with which they could deposit and withdraw their cash.

Descendants of two of the most successful ranching families in the area, the Lesters and the Paynes, had a special fondness for the bank and did what they could to keep it afloat. They and their extended families and close friends were solely responsible for sustaining the little bank through hard times. Others had moved their money off to Lordsburg, several miles to the north.

Vernon Lester had recently befriended the now-famous artist, Georgia O'Keefe, who had taken up residence in New Mexico. Many of her most famous and colorful paintings depicted the unique New Mexico landscape. Vernon had sweet-talked Georgia into doing something she never would have considered had he not been such a kind and loving soul.

A new style of lighting, known as recessed lighting, had become popular in the major cities of the east and slowly worked its way, like the prospectors, to the west and southwest. Subsequently, designers added an extra and colorful touch to this lighting style. Large building lobbies, churches, and even banks had started to cover their recessed ceiling lighting with stained glass. Many of the more famous artists of the day lent their hands and skills to the creation of these, often massive, stained-glass works. People would come from far and wide just to gawk at the new art form.

At Vernon's insistence, Georgia had agreed to create a painting for a large 18 x 30-foot ceiling stained-glass piece to cover recessed lighting planned for the ceiling of the Rodeo First Savings Bank and Trust.

The Lesters and the Paynes along with their compatriots had made significant contributions to commission the work and to pay for the architects and designers, the stained-glass glaziers and all related artisans who participated in the creation and installation in the little bank of the recessed lighting and the ceiling stained-glass work of Ms. O'Keefe. She had even attended its unveiling in 1939, and although Rodeo was off the beaten path, those traveling between Tucson and El Paso would occasionally make a stop at the bank to marvel at the unique piece.

Just before noon on an arid and scorching day in mid-June, a beat-up, drab and once black half-ton Ford pickup creaked its way through the potholes of the only street in Rodeo. It passed mostly unnoticed except for the bits of dust kicked up by the groaning, badly worn wheels, and the town's two dogs nipping at the axles. It rattled by the lone gas station with the one pump that seldom worked. The gritty and toothless station owner's feet poked out from underneath a rusted car with its parts strewn about like casualties on a battlefield. He continued moaning and grunting as he tossed aside another unidentifiable piece from beneath the wreckage without giving a second thought to the passing vehicle with the two dogs in tow. Eventually the sad excuse for a truck rattled to a choking and convoluted stop directly in front of the bank.

The passenger door squeaked open, and slowly Marlon stepped out, unfolding himself like a sliding step ladder. First came the stilt-like legs, followed soon after by the long and lean torso, and finally the gaunt and elongated face which, at first glance, appeared to extend to the middle of his chest.

Once outside the cramped truck cab, Marlon and two members of his gang quickly and silently entered the old Rodeo First Savings Bank and Trust. "Everbody on the floor, face down, except for you tellers", Marlon shouted and whistled. The three customers in the bank and the sleepy, elderly security guard obeyed the command like trained poodles.

Just as the security guard struggled to attain his face-down position on the floor - which had taken some time and considerable effort due to his age and frailty - in through the front door, the only door, marched Harlon with three of his masked marauders.

Harlon did not wear his years well. His wind-beaten face appeared as rough as coarse sandpaper. He had expanded considerably in width but not an inch in height, resembling a miniature Macy's Thanksgiving Day parade balloon.

After simultaneously freezing in astonishment, but only momentarily, all seven of the confused and stunned would-be bank robbers began to wave and point their vast array of weaponry in all directions, particularly those in one group toward those in the other.

At the same instant, Harlon and Marlon said to their boys, "Hold on there!" Harlon wiped his furrowed brow with his shirt sleeve as he ambled slowly, moving his considerable bulk across the lobby and through the customers and security guard scattered around the floor, to within a foot of Marlon.

"Marlon?" "Is that you?" wheezed Harlon in bewilderment. "I thought you was dead!" "Well now that I seen you, I wished I was!" Marlon hissed back this time with an even stronger whistle. "What the hell are you doin' here?" he bellowed at Harlon. "Well, I was fixin' to rob this bank until you got in my way!" Harlon retorted. "What are YOU doin' here?!" he growled, spewing spittle at Marlon. "Same as you!" Marlon howled.

"I heard you lived in Arizona. Don't you know New Mexico is my territory?" Marlon screamed even louder in Harlon's face. "I don't know nothin' of the sort," Harlon bleated, "and besides I could spit from the Arizona border and hit that teller in the eye. It ain't a mile from the border!"

"How'd you even get here?" inquired Marlon incredulously. "We rode up and hitched our horses in the back". "You? On a horse?" Marlon laughed until he snorted. "How many hands did it take to get you up there and down again? I'd need to see that 'fore I'd believe it! I pity the horse that had to carry you!"

"Horses is quieter and make for a faster getaway than that piece a junk sittin' out front." "Besides we don't need no roads and the horses are harder to trace." "Geez, you ain't no smarter than the day you left Granny's."

During this brief but sharp exchange, the level of anger and agitation of each twin began to elevate as did the level of nervousness among all the twins' sidekicks. Harlon shuffled and paced around the lobby fingering his Smith & Wesson .38. Marlon held his submachine gun steady. While the turbulence continued to increase, so did Harlon's gait, which given Harlon's broad stature surprised those who knew him. Despite the tension, neither twin had, as of yet, aimed his weapon at the other.

"How in the hell are we gonna fix this?" Harlon wailed. "There probably ain't enough money in here to feed two chickens."

"I got an idea," Marlon smirked. "Why don't you and your three side-show buddies march right back outta that door you just come in?"

That statement did not sit well with Harlon and his anxious pacing and perturbation increased yet another notch. He did not notice the decrepit security guard splayed out across the floor precariously close behind him. Harlon glared at Marlon and backed up a couple of steps gathering his thoughts and contemplating his response. As he did so, he tripped over the security guard's crooked, right leg. While he battled to maintain his balance, Harlon reflexively pulled the trigger of his .38, which at that moment happened to be inadvertently pointed directly at Marlon. The powerful impact at such close range blew a hole the size of a silver dollar right through the center of Marlon's chest about an inch from his heart.

Marlon's eyes rolled toward the heavens as he gasped for his last few breaths. The fierce jolt from the bullet knocked him backward. As he was falling, his finger instinctively clinched, causing him to fire the submachine gun directly upward, spraying bullets in rapid succession and shattering the beautiful ceiling stained-glass work created by Georgia O'Keefe and so many others.

The hail of bullets sent shards of glass of every size and shape and in every hue of green, blue, tan, and yellow in all directions. One of the larger shards, about six inches long and two inches wide in the form of an imperfect icicle with sharp edges, and primarily in the color of a hushed red and deep orange, fell straight down. As he was lying stunned, face-up on the floor, this imperfect icicle severed the radial artery in Harlon's left wrist. Blood poured out of him like a tipped-over bottle of good Irish whiskey.

Harlon had been born exactly four minutes after Marlon, and he died exactly four minutes after him, and that's how the story ends for the most unlikely twins.

Valle del Cocora, Salento, Colombia

HER BOOTS

As he boarded the train, he noticed that the thermometer on the platform read 90 degrees. The morning sky had turned from a tangerine orange just after dawn to a crisp and cloudless blue. The Harrisburg line train left Galveston at 8:00 AM sharp every morning except, of course, Easter and Christmas. He was heading to Columbus, then working his way north to visit family in central Texas. He had made the trip several times. It was pleasant enough, save for the oppressive heat in the dead of summer.

Given the relatively short duration of the trip, he always opted for a seat in the front row of the second-class car. Even though the seats in that row faced the rear of the train, did not recline, and offered minimum legroom, he didn't mind. He had a better view of his fellow travelers from this perspective. He would rather study the other passengers' faces than ruminate about them based solely on a view of the backs of their heads. From his favorite seat, he could see hats, hair, eyes, ears, faces and outfits. Little old ladies fanned themselves with cheap fans bought from the general mercantile, and kids squirmed in their seats. Some regulars fell asleep and commenced a full-blown snore before the train even left the station.

She was seated two rows back facing forward and on the opposite side of the aisle. Since no one sat next to her, she had plenty of room. The open adjacent seat might have resulted from her rather stunning appearance or simply from the fact that she was a woman traveling alone. In the 1890s in Texas, a woman seldom traveled on a passenger train without an escort or companion.

In the unforgiving heat, her clothes clung to her body like a frightened child to an indifferent mother. Even in this foul weather condition, she seemed proud and confident, self-assured. She sat erect and held her head high, barely moving, almost statuesque.

He began to study her as a painter studies his model. He could see her chest rise and fall with her breath, in perfect time with each revolution of the driving train wheel – steel against steel.

Her almond eyes in shape and tint rested comfortably above her olive, pronounced cheekbone. Her perpetual smile aimed at no one in particular, as if perhaps she was preparing to be introduced as the honorary guest at a house party. Likewise, her dimpled chin gave no hint of her background or from where she came. He wondered if she was traveling all the way to Columbus or would disembark at one of the few stops along the way. He found himself wishing that she would stay on the train.

With a quick glance at her ungloved hand, he saw no hint of a wedding ring. Her wide-brimmed hat sat respectfully in her lap. Still, she barely moved.

When she did occasionally turn to look behind her, he could see that her raven-black hair flowed like a dangerous and winding river halfway down her back and embraced her orchid-colored dress.

Then he saw the boots. Her sleek and elegant skirt dropped to just below her ankles, but when she ever so properly crossed her legs, the skirt rode higher.

In his 28 years, he had never seen boots like these on a woman, a relatively beautiful woman at that. The boots were constructed of two different materials. The bottom part, made of cold black leather, rose to just below her ankles. Tan suede comprised the top and much larger part of the boots, extending upward almost to her knees. From bottom to top, large gold, glistening buttons passed through even larger hoops made of black woven thread. These clasped buttons tightly held together the suede portion of each boot. He could also make out approximately two inches of height on the boot heels.

The boots mesmerized him. There was something oddly arousing about staring at her boots, as if peering into her bedroom. He tried not to bore a hole through her with his unflinching stare. He wanted to look away, but he couldn't. Thankfully, the train took a jolt, and it woke him, at least momentarily, from his stupor. He hoped she had not caught him staring.

As the train began rolling smoothly again and moved down the track, he mentally sifted through the ways in which he might start a conversation with her. Let's see, how would it begin? "Good morning. Do you mind if I sit next to you?" Ridiculous and way too direct. "Hello, I couldn't help noticing your boots?" Seriously? That would never work. Just as he thought he had pulled together something plausible, the conductor called out the Buffalo Bayou stop, and as the whistle blew, the train came to a screeching, harsh, swift stop.

She quickly grabbed her hat and stood. She was tall and thin, and the boots made her appear even taller. He could now see more of the orchid dress cinched tightly at her waist. Thanks to the heels, the dress did not touch the ground, so he could still see the lower black leather part of the boots...and the heels.

As she seemingly floated by him, she gave him a quick once over. Her alluring and near overpowering fragrance trailed behind her as if it had a life of its own, a handmaiden waiting only to serve her mistress.

The soft sway, back and forth, of her hips and the swish of her dress against the boots as she moved passed hypnotized him like the swinging chain of a psychiatrist's watch. He knew she was too much for him, and he had to let her go before he ever even had her.

Then she stepped down onto the wooden platform. Slowly, gently, her boots and the dream disappeared into the coal-fired, sooty smoke pouring like lava from the train's chimney.

Somewhere in Colombia

CRUSTY AND THE KID

In the 1960s, Odessa was a gritty, dry, and desolate west Texas town. It was flat in every direction and in every direction, oil derricks and storage tanks rose out of the sepia haze like metallic lifeless monsters. Its neighbor just down the road, Midland, had overshadowed it in almost every category, and Odessa had now become the ignored and bitter older sister.

Midland's growth and domination of industry in the area had angered many an Odessa resident, young and old alike. That anger often led to heavy drinking which, in turn, spawned some belligerent and ugly behavior. The person tendering that aggressive behavior often directed it at his own family.

The kid's father had become a drunk. Not just a drunk, but a violent drunk who figuratively and literally struck out at everything around him. That included the television, kitchen plates, framed photos, the dog but most disturbingly, the kid and his mother. They felt the brunt of that destructive behavior way too often. Amid one of his bashings of everything and everyone within arm's reach, the kid's mother grabbed her then-15-year-old son, and they left Odessa behind and for good. They headed east to Brownwood where they quickly settled into what they hoped would be a better, or at least a safer and calmer, life.

Unfortunately, the kid had very few things working for him and many working against him. For one, he had a stutter and at this time in a small town, that did not bode well for a teenager. Add to that the fact that, at way too young of an age, he had a bout with palsy that had likely resulted from his dad slapping him too many times when he returned home in a blind drunk. It left him with such a heavy squint in his left eye that, most of the time, it appeared to be totally shut. The combination of the two ensured that the kid could not find a single friend.

About thirty years ago, Crusty had come south to Brownwood from somewhere in Nebraska. He found an old broken-down barn on the far end of Vincent Street and turned it into a half-decent pool hall. He opened and ran it every single day of the year. Rumor had it that Crusty had traveled with a circus, doing what, nobody knew and how he lost his legs, nobody knew that either. In any event, Crusty spent his days rolling around the pool hall in his ragged wheelchair.

Crusty was, well, crusty. He looked crusty and he acted crusty. He had the face of a bulldog and the temperament of one as well. Instead of his tongue, a half-chewed, half-smoked cigar always hung out of the corner of his mouth.

Crusty never met a person he liked, and he never had a kind word for anyone. In fact, he didn't have much to say at all except "25 cents a game", and that was not so gently placed between a rapid-fire string of obscenities that would embarrass a sailor.

As he rolled around, he carried with him a broken cue stick. He held it in his right hand and, when he did finally stop, he constantly pounded his left palm with it. It appeared as if he was itching to use it. The best advice one could give any visitor to the pool hall was to stay out of his way when he came rolling in your direction, and you damn sure better not sit on one of the tables.

The Belle Plain Bullies ruled the pool hall, and Crusty mostly let them as long as they paid 25 cents for every game of snooker. They weren't really a serious gang, just three irritating, punk kids. Chains, the leader of the three, got his nickname from the fact that he, more or less, covered himself in chains. He had attached his pocket watch and his mostly empty wallet to a chain hanging out of his ripped pants pocket; he wore a cheap metal chain for a belt; and he had an even cheaper chain around his neck. You could see the greenish tint left on his neck by the chain when he leaned down, peering over the cue ball for his next shot. He even had a fading tattoo of a chain across the back of his neck. Chains looked menacing, and his upper lip invariably curled up when he talked, exposing a couple of missing teeth. Since he did most of the talking for the Bullies, anyone who happened to be looking in that direction too often encountered that unpleasant view.

Next in line came Bags who was short and appeared even shorter because he always wore baggy pants. The poor excuse for pants required constant maintenance to keep them in place. Because of his stature, they appeared too long or too short depending on your point of view. They ended just above his ankles and showed way too much of his disintegrating underwear. Bags served mainly in the role of Chain's supporter and nervously laughed at everything Chains said, regardless of whether it required a laugh. Generally, it did not.

Jordie held the lowly third and final position among the Bullies. He remained so quiet and so insignificant that he never even earned a nickname. He simply followed the orders from Chains and appeared to be happy doing that.

The Bullies were loud and rowdy but mostly stuck to themselves, and other patrons ignored them. That is until the Bullies discovered the kid, an easy target.

To the kid, the pool hall had initially seemed a safe place. He spent hours there day in and day out, frankly because he had nowhere else to go. He would even clean the tables with a cloth and brush. Crusty never asked him to do it, but he never stopped him.

Initially, the Bullies only taunted and teased the kid a bit, making fun of his eye and his stutter. The kid would simply move to the other side of the big room trying to avoid them. Sometimes, he would leave but he would always come back, and they would start again.

Over time, the torment worsened and led to some unwanted and disturbing contact. Sometimes, Chains or Bags would grab the kid and dip each of his fingers into the cue chalk turning the tips bright blue. If they could sneak up behind him, they would slap him on the backside after covering their palms with the white talcum powder found all around the pool hall. This would leave two handprints that would remain for a couple of hours until the kid found a way to clean them. Other times, they dipped their own fingers in the chalk and drew circles around the kid's eyes. This upset him so much that he would flee out the back door, but again he always sheepishly returned, sneaking into one corner or another hoping to remain unnoticed. Still, the tormenting continued to escalate with Chains occasionally jabbing the kid in the gut with a cue stick.

Crusty never intervened but he watched. One afternoon, he rolled up to the kid and said, "Be here tomorrow afternoon at 5 o'clock sharp".

Every day for the next six months, the kid showed up at 5:00 PM without fail. Each afternoon, Crusty would give a nod to his unpaid helper and take the kid into the back room where they would spend a couple of hours behind the locked door. Occasionally, during the break between songs blaring from the Wurlitzer jukebox, a loud thump emanated from the back room. Few of the pool players paid any attention.

Late one unusually cool September evening, as the fall winds began to rid the trees of their leaves, Crusty rolled out of the back room, over to the jukebox and pulled the plug. This unexpected and odd behavior from him stopped the games, and all heads turned toward Crusty, and then toward the now-open door to the back room.

Out walked the kid, looking older and appearing as slick as ice. He wore a light brown suit and buttoned vest of the same tone. His cream-colored shirt showed above the vest. The pant legs of the suit stopped at the top of his brown patent leather shoes. A sage green lightweight trench coat hung over his shoulders complementing the identically colored tie. A tweed Gatsby newsboy cap accented his jet-black hair which had been pulled back into a ponytail. He wore slightly blue-tinted glasses masking his incessant squint. He looked like he had jumped from the pages of a Neiman Marcus catalog.

No one moved except Jordie who was standing with his back against the wall. He slowly raised his right arm and pointed it to his right and directly at the kid. When Jordie's arm was parallel with the ground and against the wall, the kid took three quick steps forward and faced Jordie whose arm appeared frozen to the wall pointing nowhere. In an immeasurable instant, with his right hand the kid retrieved a Spartan dagger from the inside left pocket of the trench coat and flung it hard and fast toward Jordie in the same manner as a tennis player might smash a backhand. A heartbeat later, the dagger pinned Jordie's loose-fitting shirt to the wall just below his right elbow leaving Jordie's arm outstretched and stiff as it rested on the blade and large handle. The split second-movement stunned Jordie but the blade had not touched a hair on his body.

Bags' mouth dropped open when he saw what happened to Jordie, and his eyes grew as big and round as the cue ball on the center snooker table. Before he could move, the kid's left hand shot into his right vest pocket extracting the Hibben steel blade which he propelled at Bags in a millisecond and with an underhand motion. The blade flew faster than eyes could follow and stapled the low-hanging crotch of Bag's way-too-baggie shorts to a wood column square in the middle of the hall. In an instant, a wet stain appeared on the shorts around the blade and a stream ran down Bag's right leg. It was not blood. Simultaneously, tears began to roll down his cheek.

By this time, all eyes were on Chains. He bolted like lightning for the back door, but not faster than Crusty could roll. Crusty cracked him squarely on his right kneecap with his broken cue stick, and the blow sent Chains flailing through the air in what appeared to be a slow-motion stunt scene from a bad karate movie – just as the kid let the Bowie knife fly like a falcon in Chains' direction.

Guadalajara, Mexico

LIFE IMITATES LIFE

The moon had morphed itself into a golden waning crescent
    Barely visible above the faint glow of the luminescent streetlamps
    That still lined the mostly forgotten and forlorn side-street
    A street that had lost its battle of convalescence and had surrendered in defeat

The cobblestone slithered down the hill past the overgrown yard and broken recliner
    Stopping just steps away from the entrance to the disheveled diner
    The buzzing and flashing neon in front had lost a few letters
    Both the diner and the lone waitress had seen better days

Her two identical uniforms had begun to fade and fray
    They had started out crisp but had turned to a lurid and drab gray
    It didn't matter much since no one bothered to inspect
    They seldom gave her a passing look when they hurriedly paid the check

The silence-piercing bell rings like an impatient patron at the desk of a cheap motel

Signaling another order waits for her behind the half-polished counter
The relentless ding jolts her out of her daydreaming spell
She moves slowly to the kitchen that surrounds her like a prison cell

The growls from the cook drown out the chat from the two customers perched on their stools
While the smoke from the overused grill curls up comfortably just below the grease-stained ceiling
She grabs two plates adorned with unappealing meat and fries swimming helplessly in oily pools
Then shoves them brusquely in front of the two comic book characters and deeply sighs

He always materialized like an addled apparition
Silently sliding into the same position in the same corner booth
With the collar of his wrinkled jacket turned up like a two-bit sleuth
From a dime novel he might have read in his long-abandoned youth

The waitress knew his order without exchanging a single word
Eggs, over easy, hash browns and two strips of crispy bacon
At this point, passing him a menu would seem awkwardly absurd
Or at least present the mistaken impression that he was a stranger

He never shed his slightly worn fedora or the coat with the turned-up
collar
    Ready on a moment's notice to chase after the next street thug
    He seldom looked up, always mindlessly caressing his cracked
coffee mug
    When she did catch his eye, he seemed tattered and dejected like
an old silver dollar

He had an Errol Flynn pencil-thin mustache but eyebrows thicker than
a horse's mane
    He sat like a statue with only a perceptible movement when he took
a sip or a bite
    His chin set in concrete as he stares at his reflection in the window
pane
    Fighting another battle with a cold and unforgiving night

They danced the same dance day after day and week after week
    Neither offered the other a bleak nor even a banal story spin
    But they did share some sort of comfort in the repetitive routine
    And from the certain assurance that it would happen again

She imagines the fragmented puzzle that somehow fits together to
form his life
    She contemplates, but she cannot conjure up the image of a wife
    Does he seek out the lonely diner to drown his misery or soothe
some nagging fear?
    She pulls together the threads, but the ending remains unclear

On a particularly gloomy night as he lifts himself uncomfortably from
the table
     He gives her a hard, penetrating look that digs deep under her skin
     Maybe he is sending her a message to the extent he is able
     She senses that the game will change, and the slow dance nears its
end

As the shadows of the next lazy afternoon creep like a black cat down
the lane
     The waitress waits and tries to bury the anxiety, but the effort is in
vain
     She lights her last cigarette and crumples the pack as her hope
slowly dissipates
     Her apprehension grows because his routine never deviates

As each night crashes hard into the next morning, the waitress waits
but she knows
     Time passes but the door never opens and he never shows
     She trembles and shudders, but she still waits just in case
     She has a hard time accepting that he disappeared without a trace

As days roll by, she hopes that soon his image will fade and evaporate
     That the memories will eventually disintegrate
     But the order bell angrily rings again and she can still see his face
     His coat, his hat, and his peculiar traits

One evening as she drifts in and out of her lingering daze
    She sees a photo of his face on the newspaper's second page
    The story says that he died peacefully and with his family at his side
    She reads the words, but she cannot shake loose from his gaze

She feels herself swimming through a tidal wave of sadness and anger
    All directed toward a man who was little more than a stranger
    As if her little world had been rocked to its core
    She couldn't help wondering if there could have been something
more

The cook rings the bell warning her that another order is up
    A new patron shuffles into the corner booth that had been his
domain
    She stamps out another cigarette before she fills his coffee cup
    She drops the worn menu and tries to block out the pain
    As life imitates life at the little diner on the forgotten lane

La Guajira, Colombia

THE FIRECRACKER EXPLODES

They had finally found the time for a much needed, albeit short, yet hopefully relaxing vacation. The direct flight from San José to Medellín arrived late in the evening. On the long taxi ride toward El Poblado, the distant city lights flickered and then abruptly disappeared when they hit the massive tunnel. When the taxi eventually screeched to a halt in front of the Hotel Kimah, they were tired and ready to sleep.

Marcos, the night clerk seemed nice enough, even friendly, given the late hour. They were so exhausted that they didn't really notice anything unusual about him, that is until they lugged their bags up the two flights of stairs and into their room.

It began the moment they crawled into bed. To wrap it in a single word, Marcos was LOUD. Everything he did was LOUD.

It began with music. Who wants to hear music over a hotel's speaker system at 11:30 at night? Not just any music, but LOUD, electronic music that you can feel as much as you can hear with its overpowering, thumping and repetitive bass and drums. The kind of music that never seems to go anywhere but never seems to end. The kind of music in which one song bleeds into the next without skipping a beat.

When the music stopped, the television started, featuring late-night reruns of telenovelas, the over-dramatized acting of the famous Mexican telenovelas. The ones with short scenes sandwiched between long commercials and with the camera zooming in closely on a face just before and after each one of those many commercials. Even at regular volume, the unnecessarily emphatic speaking of the actors rang out shrill and painful, but Marcos liked to watch and listen to the telenovelas LOUD and late.

Then came the telephone calls. Marcos did not talk on the phone; he SCREAMED on the phone. Was he deaf? Did he think the person on the other end of the phone was deaf?

Ballard could speak enough Spanish to understand that Marcos was talking with, no, screaming at, his mother, not in an angry or insulting way, just plain and simple, LOUD. Seconds following the end of the first phone call, another thirty-minute call began with his brother in Cartagena. Marcos did not change his tone one half-pitch or his volume one decibel between the two telephone calls. He seemed to enjoy the intense volume of his own voice, and he assumed that everyone within a kilometer enjoyed it as well.

Only chatter interrupted the other cacophony of noise when anyone entered the reception area - a new guest, the security guard, anyone. Of course, the thunderous chatter came from deep within Marcos, not out of the guest, the security guard or whoever else drifted into the lobby.

On top of the phone calls, the music, the chatter and the telenovelas, Marcos had a habit of coughing and clearing his throat. Ballard wondered if he was sick, or if he simply talked so much that he choked on his own words. Whatever the reason or cause, it never seemed to clear; as if he had swallowed a dry piece of chocolate cake that had lodged itself somewhere in the south end of his throat and no amount of coughing, hacking, hocking, barking, or whooping could dislodge it.

The first night was difficult, but Ballard's wife had calmed him down and helped him get through it. Somehow, he made it, but with an unusually elevated degree of grumpiness the next morning. He avoided

Marcos all day, fearing that if they crossed paths, he might lose what little temper he had left.

The second night was worse, and Ballard managed to grab only a few moments of sleep. His irritation and the tension began brewing into an impending storm. Ballard could actually feel his heartbeat, his pulse rate increase, the pounding in his head, the exaggerated breathing, the slight shaking in his hands and even the quivering of his voice.

This was not the first time, by a long shot, that Ballard had this reaction to some outside disruption that he perceived as unwarranted and aggravating. The fact is, Ballard had a bit of a rage issue. He was like a firecracker with an extremely long fuse. In Ballard's case, once something lit the fuse, no matter how long it took to reach the firecracker, it eventually would reach it and an explosion followed. To this point, those explosions had not hurt anyone, Ballard, or anyone around him, maybe more by luck or by chance than by design.

Ballard had tried some anger management therapy at his wife's insistence, but he dropped out after a couple of sessions. He considered therapy as a crutch only for the weak who could not resolve their own problems.

During the third night at the hotel, the noise crescendoed into an unbearable level for Ballard. The dark circles and bags under his eyes had morphed into large and heavy black suitcases. He could not possibly sleep with all the noise.

He could not find a comfortable position, tossing and turning and contorting and convulsing like a holy roller. Still, he tried every angle, but he could feel every bone in his body - bone rubbing bone, tooth against tooth.

He could feel everything. He could feel every seam in his cotton pajamas, the hard pillow, and the itchy blanket. He felt hot, especially his feet, so he yanked off his socks and tossed them on the floor.

He could hear everything, or so he thought. He could hear water dripping from the shower in the next hotel room. He could hear a police siren blocks away. Even over Marcos, he could hear karaoke coming from a bar down the street.

The white noise he programmed on his cell phone didn't help. He had discovered it recently and would turn on his favorite white-noise recording to counter soft music or chatter from a neighbor or a nearby street. It had worked at home for those minor annoyances. The sounds emanating from Marcos and from everywhere pierced through this feeble attempt like a poison dart sending its venom of anger through his entire body.

"Let me go down and talk to him honey," Ballard's wife insisted. "No, I'll handle it," Ballard grumbled.

Ballard quickly dressed and stormed out the door toward the stairs. He was agitated, and his hands were shaking. Again, he could feel his heart pounding.

At first, he passed it, then he paused, turned around and went back to it. As quietly as possible, he broke the glass with the little hammer dangling in the air below it and removed the fire extinguisher. It was the perfect size. He continued down the stairs. A minute later, a muffled noise radiated from the lobby followed by a strange and unsettling quiet.

When Ballard returned to the room, his wife was sitting upright in bed, wide-eyed and as rigid as a board. "What happened?" she asked. "He will be quiet now," Ballard responded.

Ballard sunk like a heavy rock into a deep sleep, only to wake up in a cold sweat. He checked the time - 3:05 AM.

A loud sound coming from the lobby echoed through the hotel and crawled under the door into his room. Ballard rubbed his eyes and tried to clear his head. He stumbled out of bed and opened the hotel room door only to hear Marcos talking LOUDLY on the phone - to his mother.

Mercado, Cuenca, Ecuador

BORN ON THE OTHER SIDE

His parents gave him the name Rafael Emilio Diaz Contreras, but everyone called him Cinco. He acquired the nickname Cinco as the fifth child born into his family's adobe house in the small pueblo of El Moral, Coahuila, Mexico. El Moral sat at the end of a half-paved, heat-cracked road about thirty minutes north of Piedras Negras which itself perched just across the river from Eagle Pass, Texas.

Whenever he could sneak away, Cinco liked to walk from his pueblo the short distance to "El Punto de la Cabeza de Ardilla" on the edge of el Río Bravo, or the Rio Grande as they called it from the other side. Decades before Cinco ever saw the light of day, this otherwise barren piece of land had been christened by the revolutionaries with this long and descriptive name, for the obvious reason that it resembled the head of a squirrel. Now the locals simply referred to it as "El Punto".

El Punto had formed from the abrupt changes in the flow of the river. Obstacles like dams, droughts, floods, construction, and destruction had changed the flow of the river over time. When Cinco began to visit, the river flowed in a nearly 360-degree loop encircling El Punto. Cinco's father wondered out loud if at some time in the distant past, the little strip of land had been an island in the river or if maybe it would become one soon. Moreover, the strange twists and turns of the river had pushed El Punto, and consequently, the border between the two countries far to the east, as if Mexico had jabbed a finger deep into the soft belly of Texas.

Today, the brutal and crushing heat of August offered no escape and bore down like an unrelenting master on El Moral, El Punto and Cinco. The air remained motionless and calm except for an occasional dry gust of eye-burning wind. No matter, because Cinco planned to make his near-daily journey to El Punto. For an otherwise typical seven-year-old, he had already developed into a keen observer of life, nature, and the world around him.

As he walked the fifteen-minute stretch from his pueblo to El Punto, the hot sand burned his bare feet. As on every visit, he made a game out of locating and jumping to the next tiny patch of sun-dried grass that hopefully still contained a bit of green. These patches gave his feet a short respite from the scorching and arid trail.

Cinco liked to visit El Punto because the sparse landscape gifted him with a clear and unobstructed view in all directions. Several years ago, members of his extended family had constructed a sturdy log bench there. Cinco could stand on the bench and see the river to his left, to his right and directly in front of him. It gave him an odd perspective and the sensation that he was on the other side.

Just beyond the river, he could see the shacks that swept north from Eagle Pass and similar ones that dotted the panorama south from the little town of Quemado, Texas. The shacks on the other side did not look that different from his own, and the kids playing soccer around them did not look that different from Cinco and his friends. Sometimes the kids on the other side would stop and wave. He always waved back with a broad smile.

Aside from the sameness of the shacks, Cinco could discern one significant difference. On the other side, trucks, vans, and cars continually drove back and forth on the makeshift dirt road just beyond the river's edge. Occasionally, they would stop and characters of different sizes and shapes, and in different color uniforms would exit. He could not hear them, but he could see them stretch and stand around in small groups, smoking and watching the river. He assumed they were some sort of police.

He could also peer across the river and see the old gravestones in the Valley Cemetery. Today, he saw an old woman dressed in black placing bright flowers below a stone cross at the head of one of the graves. She looked just like his grandmother who dressed the same way when she visited his grandfather's grave. Cinco figured that this woman was praying and singing just as his grandmother would do when she visited the cemetery near his family home.

To the south of the cemetery, he could hear the neigh of the horses at the breeding farm. He watched the workers and, like the kids playing soccer on the other side, they often gave him a wave. They looked like everyone else who lived in his pueblo. How did they get to the other side? This confused him.

Today was especially harsh and still. As he looked down from El Punto into the dark brown and muddy river, he could see thick muck and large clumps caught on the branches stretching out into the river. He could smell the permeating stench of dead fish and the musty smell of mold and mildew wafting up from the river. He had grown used to it. Some days the river flowed faster than others depending on recent rains. The faster the flow, the weaker the smell. Today was not one of those days, as the river gently flowed around the sides of El Punto. The thick smell singed his nostrils and filled his head.

Cinco didn't choose to be born anywhere, but this is his life. He missed his 15-year-old brother, the oldest of his siblings, and his 16-year-old cousin who crossed the river a few weeks before with two older friends. He thought about them every day when he visited this special place. Thinking about the two of them, whether they were alive and safe, made his little stomach churn. His mother had told him that he was too young to go. His other brothers and sisters told him that anybody could easily find a way across, through or over the wall, the steel fencing, the shipping containers, and the various other obstacles - even the new inflatable barriers. That calmed him a bit and for a while, but the concern always slowly crept back into his thoughts.

These big red balls represented the newest and most bizarre-looking of all the barriers. For the last few weeks, Cinco watched the crews trying to assemble them and place them in the river. Just a short way down the river, large cranes, small boats, and all sorts of yellow clanking machinery, along with hordes of workers, buzzed around the balls like mosquitos from the river.

He had already watched four of those big balls break loose almost as soon as they were placed in the river. They would break free and go bobbing down the river like the little red and white plastic floats that his grandfather attached to the fishing line above the hook, so he could tell when a fish took the bait.

Cinco could not understand English, but he could understand anger. Some workers on the other side got very angry and animated when one of those balls floated away. The workers with the bright red helmets screamed, yelled, and kicked the ground with their boots. Then they started the process again with more machinery, more workers, and more big red balls.

He wondered if they designed the barriers to keep people out or keep people in. His parents talked about the dangers on the other side. He had heard that if you are a kid, and you go to school across the river, someone might try to kill you. Maybe those kids born on the other side, those kids he sees playing soccer, want to come to his side, but the police and barriers won't let them. Maybe they can't escape. He didn't see police and barriers or anything like that on his side of the river. If they could cross to his side, nobody would stop them, and maybe they would feel safer. He didn't think people tried to kill kids going to school or church on his side.

He could not figure out why anybody would want to go to a country that does not want them, especially a part of that country that does everything in its power to keep them out. What could a country like that offer a poor Mexican boy? What could his older brother and cousin find to do on the other side? How could they survive? His aunt told him that if they catch you, they put you in a prison or make you live in a tent. He thought it was too hot to live in a tent.

Yes, his mother told him he was too young to go, but he didn't think he would want to go. He was happy where he was, and he felt sorry for those kids born on the other side. Just as he contemplated all of this in his seven-year-old mind, another red ball broke loose and bounced down the river. More yelling and stomping.

The afternoon shadow grew, and his mom would expect him home for dinner. He jumped down from the wooden bench and surveyed the expanse around him one last time. He saw a flock of ducks rise out of the water close to the bank on the other side, fly around the barriers and settle in the river near the bank on his side. The workers in the colored hats continued to struggle with another red ball.

To the west, the crisp sun painted a terracotta sky. He shrugged his shoulders, turned, and headed home. Once again, Cinco jumped from grass patch to grass patch, stopping only long enough to stir a couple of doodlebug holes with a twig to see if one might pop up. On the next patch, he spent a few minutes lost in thought. He daydreamed of meeting Memo and playing for the Mexican national team. Another smile and another day. He would be back tomorrow to watch the world continue to unfold before him and maybe another red ball float down the river.

San Miguel de Allende, Mexico

THE DESERT SIRENS

It wasn't technically a desert, but a rare dry tropical forest. Yet even geologists referred to it as a desert, and it looked like one to him. He had added it to his list of must-see sights as he traveled through South America.

He had made a short trek through "El Cuzco", the red section of the desert, a couple of days before with relative ease. The manager of the hotel had given him a fast and unhelmeted motorcycle ride to the starting point of the main trail. He began to appreciate the vast expanse of this desert during that 30-minute ride.

Signs did not clearly mark the route in the red section, but the deep sand showed the footprints of those who had walked through recently. Besides, the meandering course was not particularly long, and he could see the headquarters from almost any vista.

The red desert was without a doubt one of the most scenic and unusual places he had ever traversed. Mostly red rock patterns with scattered succulent plants dancing through it. Heavy sediments of iron gave it the reddish color which tinged most of the rock formations carved and shaped by water flow ions before.

The word "red" failed to adequately depict the violent colors visible in every direction during his three-hour walk. The colors changed as he moved and often as he stood motionless and simply absorbed the view. The formations shifted from fiery, burning reds to vibrant orange, which in certain parts the sun had bleached to a pale yellow. The undulating terrain appeared iridescent depending on the angle of view, when, where and how he moved and the location of the sun and the clouds. This desert had obviously lived through several geological periods, but the rock, ore and mineral looked very much alive as he moved through it.

He had years of hiking experience, but age had begun to creep up on him. He put that out of his mind and prepared for the day. Today, he planned to give "Los Hoyos", the gray section of Tatacoa, a try. A loop hike of approximately four hours wound its way through this separate part of the desert. The starting point for the loop began farther from the small village, but the hotel manager again gave him a ride.

He took a photo of the worn map carved into the wooden sign at the trailhead and checked the snacks and two bottles of water in his pack. Before he started, he stood for a few moments, scouring the immense panorama.

The patterns and designs here differed significantly from the red section. As he gazed out, he began to take in, and ultimately comprehend, the wide variety of colors which, at first blush, seemed simply gray.

In reality, the color varied from a glowing white, through every intensity of gray and ultimately to black. As he scanned and focused his eyes as best he could, he picked up the bluish and purple lines whitewashed with lighter colors that blurred into a smoky variation. Depending on where he focused, the tint transformed into silver and lead. He had never thought of gray as a beautiful, enrapturing color; however, in this setting, it was nothing but that.

The whole area engulfed him in sky, rock, color, and dust. He felt like he could be on the moon or Mars, any place but on Earth. In the hazy distance, he could make out rock mesas reminiscent of metallic chimney stacks jutting skyward. He sensed something mystical and ethereal, something unreal and otherworldly as if a master sculptor created it.

He could see that wind, rain and water over time had dug and eroded the topography into labyrinthine gullies, ravines, and gulches. Chasms shot off unevenly in all directions.

He felt exhilarated and ready to start this new adventure. At the beginning of his walk, he encountered a shepherd herding his goats down the main unpaved gravel road and away from the trailhead. The shepherd gave him a hard look, then moved on without a word.

Boot and sandal prints covered the entrance, which immediately dropped into a deep canyon. So deep that within a few hundred meters, he could only see the walls on each side of the gully. He could no longer make out the flat, grassy areas on the tops of the ledges and bluffs. As the landscape slanted downward and disappeared in the ultimately opaque distance, the world seemed to be covered in gauze.

The track soon took its first major turn to the left at a deserted ranch house, just as the wooden sign had indicated. Below the ridge where the old house sat, he had a bit of difficulty determining exactly which way to continue. A few meters farther, he encountered the largest and widest track with the most footprints. The ranch house disappeared behind him as he veered left and marched onward.

Soon after he passed the ranch house, the canyon became narrower and continued to drop as the cliff faces on each side grew ever taller. The incredibly beautiful and exotic outcroppings beckoned him farther and deeper, like the Sirens in the sea must have appeared to sailors in mythology, each one more alluring than the last.

Treading onward, he encountered several vocalizing birds and a vast array of thorny plants. Here and there, he would see one of the huge black iguanas fly across his course. Their size and wake scattered other lizards, an occasional snake, and other varmints. None of the snakes appeared to be the coral or other poisonous snakes that the blogs had mentioned. He had read somewhere that "Tatacoa" meant rattlesnake. In any event, he stirred clear of them.

Patches of different genera of cactus often covered the edges of the main route and, at times, the entrances into side canyons. He assumed the clusters indicated that these smaller trails led nowhere and should be avoided. He recognized prickly pear as the predominant species and an occasional elephant cactus, but the ones he did not recognize fascinated him. He stopped to admire and inspect the odd shapes and colored flowers springing out of them.

The next turn should have made its way out of the canyon toward the left and up a relatively steep grade. More than an hour after passing the ranch house and as he continued to marvel at the amazing promontories and flora, a few uncomfortable thoughts floated through his mind. First, the footpath evidenced fewer and fewer boot prints. Second, it struck him that he had not happened upon a single soul on the loop after the shepherd. More discomforting, he thought he should have reached a clearly marked left turn by now.

He decided to walk another fifteen minutes, in what now appeared to be an ancient riverbed, to see if he hit a single-track climbing to the left. He found several goat paths running in that direction. He tried them all, only to discover that they faded out quickly or that thick stands of sharp-spined acacia blocked him from proceeding. Even as each small diversion died, he tried to get some perspective on his location. Three hundred sixty-degree turns at the endpoint of each offered nothing but more barren moonscapes.

He plodded on for yet another fifteen minutes and failed to uncover any obvious route veering left. Now he felt compelled to ponder the situation more deeply. He considered his options, of which he could only conjure up a couple. He could continue forward for another five- or ten-minute segment, or he could make a U-turn and return to the start. It was now 11:30 AM and the sun was high in the sky. It was hot, and he had polished off half of his first bottle of water.

Disappointed, he decided the smartest move required him to turn around and head back. He estimated that in roughly two hours he would reach the main road. He made the turn.

Quickly, he discovered that he had made some rather serious miscalculations during his entry. He had found no signs like arrows, pointers, or other trail markers up to this point. Since he thought he was making a loop, he did not pay much attention to any plants, rocks, brush, or other guideposts that could be useful in guiding him back to the road.

Still, he figured that if he stuck to the riverbed, he would not have a problem. Wrong again. Allured by the Sirens as he made his way into this section of the desert, he had not noticed the many smaller canyons and gullies merging into the riverbed from all directions. Further complicating the situation, every rock, tree, and boulder looked disturbingly different when viewed from this reverse direction.

As he began his walk back, he recognized nothing, and many of the sandy merging paths appeared to have just as many footprints as the riverbed. Which was the main route? Had he turned off of it at some point, enamored and fascinated by the beauty of it all and not realized it?

He began to feel an unease mixed with uncertainty, especially since the ravines and crevices now looked more or less identical and their depth made it difficult to see anything except the bright blue sky above the near vertical walls. He popped open his second bottle of water.

Maybe he should try some of the smaller chasms to the left and right, in case they provided another way out or led to a clearer egress back to the road. He tried the first, and it soon became such a thin ravine that he could not pass. He had to turn around. Again, as he retraced what he thought were his steps from just a few minutes before, he encountered other crevices and other gullies with beautiful rock formations, each one again enticing him as a possible exit. Like the Sirens in mythology, these Sirens were not helping him. They only further confused him.

He tried other passages, still with no luck. As he reversed himself at each failed try, the shapes and the colors again looked completely different from this new angle. The heat intensified and sweat covered his hat and the back of his shirt.

In some of the side gorges, the blackish color of the rocks appeared like charcoal that would come off like powder in his hands if he touched them. When he did touch them, he felt an immediate burning sensation. The clouds had not broken the glare of the sun throughout the morning and early afternoon. The stone walls had absorbed the intense heat and like a conduit began to release it, cooking the whole area, nearly to a suffocating degree in the tightest stretches.

He had not yet moved to panic stage, but he could see that stage looming in his future if something in his favor didn't show itself soon. Almost 2:30 in the afternoon. He figured he had at least three hours left of sunlight but only about three-fourths of a bottle of water.

Finally, a new direction presented a glimmer of hope. He smiled as he moved relatively quickly down it. Then, he saw the two giant candelabra cacti standing in the middle of the tiny draw blocking it like Praetorian guards with swords crossed refusing to let him pass.

In this deepest, narrowest crevice, he could easily touch both sides. He heard a sound like a hum or a buzz coming from the rocky walls. He could feel the vibration. Maybe more birds vocalizing? Were the walls expanding and contracting as they released the heat, or ... the Sirens? Maybe the heat was getting to him, and he was starting to hallucinate.

Again, he felt the trepidation building. Would he have to spend the night in this maze? While researching the desert, he had read about venomous creatures like the coral snakes and the cousins of the black widow spiders. Of course, scorpions abounded. He had already seen several shockingly large and unabashed ones in broad daylight scurrying across the trails and up some of the walls. If he did spend the night, what about tomorrow?

He moved on. More attempts, more dead ends, and no views. Instead of rising higher to provide him with a better view, most dropped lower and tighter between vertically smooth barriers.

He came face to face with the fact that he had no idea where he was. Accepting the futility of searching through these dead-end ravines, another option came to him. He could try climbing his way up or at least climbing to a point where he could get some perspective; see someone, some house, or a road, maybe the old ranch house.

The steep walls shooting up the sides of each abyss did not seem to provide any real opportunity to climb out or even catch much of a foothold. He made several attempts. Finally, he found yet another cattle path that gave him a little better visual angle. He struggled and gained altitude. He thought he saw a house in the distance before he slid back down to the bottom, but not before a cactus cut and gouged him through his pants and shirt.

He was tiring, and the panic intensified like the heat. The few streams of blood from the scratches did not help. The beauty and attraction of the Sirens had faded into fear. He no longer noticed or appreciated the designs, patterns, shapes, colors, plants, birds, reptiles, or anything else for that matter. He beamed in on finding an escape. He just wanted to get out. He tried more fractures and narrow troughs, only to be defeated and to find himself deeper into the web.

He collected himself enough to follow some of the twists and cracks such that he worked his way in what he thought was somewhat of a straight line. By doing so, he felt like he might have found his way to a spot very near the house he had seen 30 minutes before.

He sensed he might be close to a way out. He was running out of water and energy. It was now 5:00 in the afternoon and at times the sun hid behind some of the larger outcroppings such that he found it more difficult to make out shapes.

He came upon what appeared to offer him the best opportunity to work his way to the top of one of the ledges and toward the house. He struggled, hand over hand and foot over foot, climbing toward what he hoped would be a level patch of ground at the top of the canyon wall. He used two sturdy tree branches to haul himself up the last three feet.

From here, he looked hard to his left in the increasingly dim light. In an instant, he realized that the "house" had morphed into nothing more than a beautiful rock structure, undoubtedly created by the Sirens, the heat, and his anxiety. As the last glimmer of hope faded, he lost his grip and nearly fell headfirst into the ravine on the other side of his tiny patch of flat earth. Sadly, he watched as his water bottle containing its last few precious drops tumbled and bounced forward over the ledge in front of him, and he slid back down into the labyrinth from which he had climbed.

Tatacoa Desert, Colombia

THE DAMAGED PROFESSOR

The boys hung out near the Korean War Memorial at Coggin Park. The slanted and broken sidewalk in front of it offered some decent skateboarding opportunities. They could also sneak behind it and use it as cover to smoke a joint. None of them had a clue that it actually was a war memorial, or for that matter, that there ever had been a Korean War.

He always came riding down Austin Avenue on his red and black Schwinn Hornet that he maintained in perfect condition. He kept the bike's front basket full of books and, every Saturday, he headed directly toward the monument. Often, he would stop and pontificate to the teens about whatever he was reading, regardless of whether they showed the least bit of interest.

The boys gawked at him in awkward wonder. He had an affected, slurred, and monotonic speaking style. His left eye stared straight ahead, not necessarily at the boys, and he never seemed to blink.

His face glowed in a kaleidoscope of colors - mostly a pale pink. An immaculate brown eye patch covered his right eye. A darker brown blotch peaked out from below the eye patch and slid slightly down his right, rosy cheek. Another smudge of similar color crawled out from above the patch toward the few splotchy tufts of white hair that flew aimlessly in every direction. To the boys, he seemed too young to have white hair and to have so little of it no matter the color.

The pinkish skin and discoloration on the right side of his face pulled so taut that it left him with a permanent yet painful-looking smile. The two fingers missing from his right hand sealed the deal for holding the boys' full attention.

No matter the season or temperature, he always wore a crisp, white long-sleeved shirt. He turned the collar up on his neck in such a way that it resembled a priest's clerical collar. Needless to say, the boys thought the guy floated somewhere between weird and amusing, but mostly weird.

When he finally peddled away in the opposite direction from which he came, naturally as bored teens will do, they began to talk about him. They had heard rumors about him from other kids, neighbors, and their own family members.

Supposedly, he lived by himself in a broken-down shack near Woodland Heights or Indian Creek. They heard he kept all the blinds closed, and he never turned on any lights in the house.

"My sister told me that he kidnapped little girls and kept them under his house somewhere near the Indian Creek Cemetery." "She said the police caught him, beat him to a pulp and put him in jail for a year." "That beating knocked the sense clean out of him." "That's why he acts and talks so weird."

"Well, what happened to his face?" "Are those scars?" "What's up with the hair?" another boy asked with a giggle.

"Our neighbor, Dwight, told us that the mother of one of the girls he tried to steal threw scalding hot water right in his face!" "Dwight told us that the girl's dad chased him down and chopped off his fingers with a hatchet!"

"That still don't necessarily account for his weird look and his way of talking." "I heard another girl's dad snuck up behind him and banged him on the head with a shovel."

"If you ask me, he looks like some sort of preacher." "My daddy told me he preached in one of those churches where everybody speaks in languages that nobody understands." "Yeah, and they do weird dances with snakes too." The discussion trailed off as one of the boys lit a joint and another zoomed off on his skateboard.

After graduating from Texas Tech, he landed his dream job, an assistant professorship in world literature at Tarleton State in Stephenville. He had to drive more than an hour to and from the school, but he didn't mind. He worked hard and took every teaching opportunity that came his way, even teaching night classes. He loved helping to enlighten and enrich students' lives. He figured that every little morsel of knowledge that he passed to them would help them in their journey through life. He considered this his mission.

He was frugal and saved money at every turn, finally socking away enough to buy a decent house on the outskirts of Brownwood. The contractors had built the houses well, and each house in the neighborhood sat on a large lot. Many of the lots remained empty. His house stood just close enough to his one neighbor's house that they could see each other, but not in such a way that they were in each other's face every time one of them came and went. Close enough for a chat but only if one wanted to chat.

He guessed Sarah was 4 or 5 years old, and she lived in that closest house with a young woman, no doubt her mom. Sarah had a big personality and on weekends she would often come sit on his porch and visit with him. That visit generally consisted of her talking about whatever she decided should be the topic of the day - dolls, dogs, rabbits, shoes, or anything else she pulled out of her tiny, little head. She didn't need him to respond, just sit, smile, and listen. That is exactly what he did. He began to look forward to and enjoy her visits.

An old, dilapidated car rested in front of the house, but he had never seen his neighbor drive it. For that matter, he never saw anyone else around the house, certainly no husband or any man at all. He left for work early, and he came home late. Maybe his absence caused him to miss any activity around the house other than Sarah and her mom.

He did wonder how Sarah's mom managed to set in place those huge granite blocks that lined her sidewalk. Perhaps a husband at some point or a father or brother. She certainly did not put them there by herself. They looked out of place yet added an interesting twist to the otherwise simple house. He often watched Sarah playing on them.

The few times he did see the neighbor, she would always smile and wave, but they had never spoken. Several months after he moved into his house, she did take a few steps past the boulders and toward his yard. By this time, Sarah dropped by for a visit at least once every weekend. Sarah seemed quite comfortable and uninhibited with him.

The neighbor finally spoke. He thought maybe she was going to ask him if he would look after Sarah while she ran some errands. He would have been more than happy to help. When she spoke, she did so briefly saying only that she hoped Sarah did not bother him with her constant visits and her incessant chatter. He smiled and shook his head.

On her next visit, he had some questions for Sarah. "What do you do all day when you are not visiting me?" "Well, my Momma works for a doctor downtown, and I stay with my Aunt Ida." "Momma takes me to her house early in the morning and picks me up on her way home. Sometimes she has ice cream for me or at least some cookies!"

So how did those big rocks get into your yard?" "Grandaddy and his workers put 'em there when he was alive and lived with us. I like to play on 'em, but Momma says somebody's gonna get hurt on 'em someday". "Well, you be careful jumping off of them, okay?"

On this crisp and chilly winter evening, he taught a very late class, causing him to leave the campus long after dark. He felt worse than usual when he finally pulled in around 10:00 PM and dropped straight into bed without eating a bite.

He awoke to a high-pitched scream that jolted him out of bed. The scream came from Sarah's house. He flew out onto his porch and saw the fire. From there, he could more clearly hear Sarah's crying and wailing.

He didn't think about it twice as he made a beeline toward the house, through the front door and in the direction of Sarah's screams. Through the thick smoke, he couldn't see her, but he could hear her. Nearly blinded and choking, he managed to find her, grab her in his arms and run out the front door. He ran with her as fast as he could past the boulders, through his yard and dropped her on his bed. She was terrified and shaking but did not seem hurt or burned. "Stay here and do not move!"

Since the car was parked in front, he knew he had to go back for her mother. He wasn't sure but over the crackling fire, he thought he could hear her moans coming from deep within the house. He again crossed over the giant slabs and started up the steps to the porch. Just as he reached the top step, he heard, saw, and felt the explosion of the two large propane tanks stored beneath the house. The explosion covered him with propane and fire. It blew him backward off the porch and sent him flailing through the air out of control. His head smashed full force against one of the granite boulders knocking him out and splitting his head down the center like a cracked watermelon.

Baños de Agua Santa, Ecuador

FROM OUT OF NOWHERE

For her, it had become a ritual but a welcome ritual. Her balcony faced west, looking out over the surrounding coffee plantation toward the undulating hills on the opposite ridge. Nothing obstructed her view of many electrifying sunsets. She might sip a coffee, a little rum or a tequila as she basked in the beauty. Each sunset from the balcony differed from the last, especially during the few weeks when the seasons changed from rainy to dry and back. Depending on the clouds, the late afternoon sky would begin to pulse into a royal blue, and over the next hour move through most of the colors of the rainbow, although not necessarily in the order she had learned them in grade school. She came to appreciate the fragile moment between the color changes, as in an instant, the blue might fade to magenta and then suddenly transform into coral or a rusty red. If you missed it, you would have to wait until tomorrow for your next chance, but the colors would be different. You never saw the same sunset twice.

As the light faded, she worked through several exercises stretching her arms, legs, back and neck. That also became part of her ritual. She loved exercising while breathing in the clean air.

Of course, Gilligan always accompanied her during these rituals. Gilligan was a tabby-colored cat, likely a mixture of many breeds, who had decided he would stay and become part of her family. He was the brightest orange with a funny white spot on his left cheek and one in the center of his throat. During an early, but ferocious rainstorm in May, replete with lightning strikes and deafening thunderclaps, Gilligan had crawled into an old wooden box she kept on her front porch. She used it mostly for planting, but Gilligan found some safety and comfort in it.

When the storm ceased, she heard what sounded like a rough-throated growl at her door. She looked down to see this small, bony, sopping wet cat. She dried him with a towel, even using her hair dryer. The more she dried, the more he purred. When she finished, she discovered that Gilligan was not that tiny. In fact, he might be a tad overweight. She asked around, but no one would admit they knew anything about him or had ever seen him. He was happy now and had no intentions of leaving.

She named him Gilligan for no good reason. She had never watched a single episode of Gilligan's Island, but she thought it fit him, and he seemed to feel okay about it.

Gilligan liked to do three things. For one, he liked to "speak" very loudly. If she had to give him a human characteristic, she would say he sounded grumpy, but he didn't really act that way. He just liked to talk. For another, Gilligan liked to eat. She maintained a good regimen for him so that he remained healthy but not too chubby. Gilligan's third favorite activity involved getting in the way of anything and everything that she ever tried to do - work on her computer, read a book, watch those sunsets and so on. In fact, he had adopted the second chair on the deck as his own and he seemed to know the perfect time to crawl up, get comfortable and watch the sun drop below the ridge.

For the final act in her ritual, she popped in her earbuds to listen to some music. Even though she had lived for over 50 years, she still appreciated all types of music, new and old. What type of music should she immerse herself in this evening? She continued to work on her Spanish and listening to music with Spanish lyrics helped. Of course, Gilligan would not have her listen to any music without plopping himself in her lap and purring loudly, almost as if he were singing along.

Tonight, she picked a Spanish Spotify mix she had created which included songs from Chambao, Jarabe de Palo, Ocote Soul Sounds and, even though they were from the U.S., one of her favorites, Los Lobos. She could listen to music for hours without taking a break. It had been an important part of her life as far back as she could remember, and it had helped her make it through many difficult times.

It happened somewhere in the middle of "La Pistola y El Corazón". She had felt the tremors before. They rumbled for a few seconds, maybe even a full minute. Depending on how close and how strong, they would rattle the windows to some degree, and she might see the tequila swirl around in the bottle. The movement invariably left her with a queasy feeling, but not a single glass or plate had ever broken during the three years she had lived in the apartment. These quakes had NOT become part of her ritual but definitely part of her life in Central America. She had spent many years in southern California and experienced several big ones there, but this one...

This one was different, and she knew it immediately. It began with a loud cracking sound and simultaneously a boom like a cannon had gone off inside her apartment. Then the shaking began. Gilligan growled and panicked. Paintings fell off the wall and the cabinet doors swung open. Plates and glasses crashed to the floor. She tried to grab the frame of the bedroom door but slid across the tile as if skating on ice. It felt like the earth had turned into a giant surfboard, and she was riding the waves with it.

It settled for an instant, but almost immediately started again and worse this time. She saw the plate glass windows crack and shatter. During the pitching and rolling, she heard a deep groaning, as if the metal frame of the apartment convulsed in some sort of incomprehensible torment. The concrete and wood seemed to shudder and cry.

She heard several more loud and close explosions and in an instant darkness consumed her. Then the movement once again, and again different; an uncontrollable back-and-forth sensation, as if she were in a giant swing, to such a violent degree that she felt the floor drop out from under her. Seconds later, she felt the pain.

She could not tell which way she had fallen and what fell on top of her. At first, an eerie and serene calm ensued, followed by yet more movement, more noise and more pain, intense, excruciating pain.

She could not see, and she could not move except for the fingers of her left hand. She could wiggle them ever so slightly, just enough to feel some large and immovable object across her legs. It felt cold, like a concrete slab or maybe a metal beam. With only three fingertips, she could not discern exactly the size, weight, or material. She only knew that it had pinned her.

Her face had jammed hard against something. Dazed but conscious, she tried to turn her head, with no luck. The right side of her face had sunk into what felt like wet and freshly loosened soil. Now both of her legs were numb. She could not make them move. Where was she? She couldn't tell if she was inside or outside, above ground or below it.

Then the fear began to wash over her, just like the waves of movement had done minutes before. In the past, just thinking about tight and cramped spaces or simply driving through a tunnel could make her shudder with uncontrollable anxiety. Now she encountered the real-life possibility that she was trapped who knows where and by who knows what. If her muscles had room to shake and tremble in this setting, no doubt they would have.

When she was a little girl, her brother dragged a big mattress over her as she slept. Then he quickly laid on top of it. She couldn't breathe, and she felt like she was suffocating. For several minutes after her mother came to the rescue, she was inconsolable.

That is when she experienced her first sensation of outright terror. That was the beginning of her claustrophobia, but it certainly was not the end. At any given moment throughout her life, her mind, of its own will, could conjure up a scene where she felt buried alive in a cramped box, with no air, and she could not breathe.

At this moment, stuck under this indefinable slab, that vision and sensation again came over her. The fear of suffocation. So intense that she passed out. For a second, minutes or an hour, she had no clue. When she did regain consciousness, nothing had changed. Still, not the slightest hint of any light.

She could smell smoke and hear the crackling of electricity which elevated her anxiety to a level it had never reached before, even in her worst claustrophobic moments. She could taste the air, dingy and metallic, and she could taste blood and dirt. She tried to force more air into her lungs, but she only inhaled the dust. The dust made her cough and coughing hurt and made it nearly impossible to breathe. Then the cycle began again, trying to force more air into her lungs, more coughing, more choking.

She struggled to gain some level of control, but she failed. She wished that she would pass out again. The terror overwhelmed her. She tried humming and singing, not really out loud, because she feared if she opened her mouth too much, it would fill with dirt, and she would suffocate. So, she just thought about music and lyrics. She tried to focus on them and not on her unbearable situation, but she couldn't focus on anything other than fighting to get her next breath. Sadly, she could find no way to distract herself from the moment.

She heard a few sounds, but they were muffled and distant. She thought she heard motors and machines, and she definitely heard sirens and voices, faint on the one hand, but screaming on the other.

Did someone call her name? What had happened and how bad was it? Was everybody in the area in the same predicament? A sensation of doom wrapped around her like a cold, unfriendly blanket.

She slept or passed out again. Again, the recurring thought about time. How long had she been here? An hour, a day? The pain in her back and her legs had increased. One more time, she tried to think about something to take her out of the moment, but nothing worked, nothing could take her out of this horrific scenario for more than a second.

Her thoughts:

"I should have called my mother this week." "I can't breathe."

"I wonder if my old neighbor was home when this happened." "I need to get out of here."

"What about the car?" "I'm suffocating."

Water streamed out of her eyes. She was becoming too weak to breathe, even too weak to panic.

Somehow, she found enough clarity to center on a couple of disturbing thoughts. What about Gilligan? Where was he? Did he make it?

The other thought was equally disquieting. She realized that she hadn't taken the time to befriend any of her neighbors, and maybe no one would realize or even care if she had disappeared. She would smile and say "Hola" or "Buenos días" to the old lady who walked the yipping and nipping chihuahua most days, but she didn't know her name or a single thing about her. She would nod to the couple who took walks early in the morning. They nodded back, but not a word was exchanged. Interestingly, the only neighbor she knew was Andrés, the forever happy young man with Down syndrome. Andrés walked through the hilly neighborhood streets twice a week with his mother and aunt. She didn't know their names, but she knew Andrés and he knew her. He would start waving and smiling even wider when he recognized her. They would even chat a bit when they passed. She loved seeing him.

She accepted the fact that she worried and cared more about animals than she did about people. When she passed someone walking a dog, she would look at and talk to the dog and not the owner. A few minutes later, she could not recall a single characteristic of the owner, but she could remember everything about the dog. What did that say about her?

Then she heard the sounds. Several people were talking in Spanish. She heard some movement, but of what she could not tell. She could not scream, both from lack of energy and the fear that no one would hear her.

The voices seemed to be moving a little closer. She could make out a couple of phrases in Spanish. "La muchacha que vive aquí!" (The woman who lives here!) "Nadie la ha visto!" (Nobody has seen her!) "Ella podría estar atrapada aquí abajo, pero espero que esté viva." (She might be trapped under here. Hopefully she is alive.)

Then the sounds stopped. Her hope and her life were fading away. Just as she was about to close her eyes for what she thought might be the last time, she saw them. Little glimmers and thin beams of white light cutting their way through the blackest night. All the tiny beams converged on her face simultaneously, blinding her, but in a good way. If she could have smiled, she would have. Suddenly, the voices erupted in excitement.

Her dad took her to see Madonna at the Frank Erwin Center in Austin in 1985. She was a teenager, and it was magic. Madonna! She could not believe she was going to see her.

Suddenly, the Erwin Center went completely black. No lights and not a sound from the stage. Then the overhead spotlights came on one at a time, each like a lightning bolt from the heavens - bam, bam, bam, five of them, lighting up Madonna like a brilliant candle. She couldn't move like Madonna. In fact, right now she couldn't move at all, but when the flashlight beams hit her, she felt like Madonna.

Then she heard and felt something that filled her with joy. She heard the grumpy growl of Gilligan and felt his dry, scratchy tongue licking the side of her face.

Everywhere

A HARD PRETTY

I wish I had met her mother. I would like to meet the woman who had the guts to name her daughter Mary Grace. I wondered how her mom felt about it as she watched her through the years. Did she regret it, or did she think it matched her personality? At times, probably both crossed her mind.

Maybe her mother had the same hair-trigger temper. Maybe she drove away her dad with that trigger. Mary Grace barely knew him.

She had piercing and angry eyes. If she glared at you, which she often did at me, they could flash from cobalt blue to black, in a split-second. When I say piercing eyes, I mean the kind of eyes that, when she held your gaze, cut right through you like a butcher knife.

She was short but with a tall attitude. Her hearing was like that of a bat. Best not to mumble or whisper anything under your breath that you hoped she would not hear. She would.

Sometimes, she could look near-perfect, almost unreal. Her amber hair appeared as if an artist had sculpted it in faultless waves that curled quietly and gently below her chin. The wind challenged that coiffed hair. MG, as I called her sometimes on the good days, fought a constant battle to keep it in place. Sometimes she won, other times she lost. She did not like to lose, at anything.

She wore too much makeup. I would never dare to tell her that. She didn't need it, but she plastered it on like a worker putting up sheetrock. No use trying to rush her through the process. She would be done when she was done, not an instant before.

I cannot even remember when or where I met her. Of course, I would never tell her that either. Maybe I tried to forget. So much water had flowed under the bridge that it had washed away some of the memories, mostly the pleasant and happy ones.

Most people would say MG was a hard pretty. I would have to say she was pretty hard on me. In fact, downright relentless if the mood struck her the right or the wrong way.

Calling it a volatile and tempestuous relationship would be an understatement. More like an unpredictable, explosive relationship, where someone, generally me, could get hurt.

I had read in a Photoplay Magazine that I found in the dentist's office waiting room that Elizabeth Taylor and Richard Burton had one of those relationships. I managed to see that volatility come out in one of their movies called *Who's Afraid of Virginia Woolf?* Yep, I thought our relationship was like that, except Mary Grace played both parts. I was just an extra.

Usually, the one-sided battles started the same way. I said something I shouldn't have, or I forgot to do something I should have. The instigating factor was quickly forgotten and really didn't matter as soon as the onslaught began. It was sort of like tripping a huge circuit breaker. If it trips, it might be hard to right it again. I would just have to ride it out until the seas calmed. There was no predicting when that would happen, except that it was never minutes and more often days.

After a time, I realized that she liked to watch me struggle and squirm. She would find a button and push it. The harder I tried to explain something that was often unexplainable, or simply never happened, the harder she pushed. I learned in one of my less boring classes in junior high school something to the effect that it is hard to prove a negative. I regularly experienced that in real life and in real time in this relationship. I felt like an insect caught in a spider web when I did struggle to explain something that normally should need no explanation. The more I talked, the deeper I entangled myself in the web.

I tried several approaches to avoid or at least ameliorate the attack, but I never found a good exit strategy. Generally, I tried to just stand or sit quietly, but she would keep jabbing until she knocked a response out of me. The response generally was not a satisfactory one to her, so like that spider hunting its prey, she continued to circle until she pounced in for the kill.

The worst thing I could do was laugh at the absurdity of it, but sometimes I got one of those church laughs that kids get. Laughing uncontrollably in a situation where you definitely should NOT be laughing. That would only increase the severity of the punishment. To me, the funniest response that I ever gave was, "What did I do?!" Sometimes she gave me an evasive answer, other times she just smirked, pushed back that perfect hair, and laid it out in graphic detail for me.

Since these were not really arguments, I could never win one. She was the prosecutor, the judge, and the jury. She would decide the sentence and mete out the disciplinary measures. Sometimes she would grant me a short reprieve, but then the pattern would start again. It always started again.

After a couple of years, I could see one coming, but still, I couldn't stop it. The only thing I could do was bob and weave like a bantamweight boxer or walk out of the ring. I did the latter a few times, but I always came back. When I did, and unless she had decided enough was enough, the war, her war, continued.

At the beginning of one of her ambushes, she billowed up like a tempest ready to unleash its fury. When she did let loose, a formidable, unyielding tornado came directly at me devastating everything in its path. She was very good at being very mean.

I wanted to bolt and end it a thousand times, but I had this weird attraction to her that I couldn't shake. I used to refer to it as her disarming charm. Whatever it was, it was like an ocean undertow that, no matter how hard I tried or how long I swam, I could not break free. I always came back. At least I always came back until that one time.

After we enjoyed a calm dinner at Chez Zee restaurant, we decided to have a nightcap. Without warning, she asked me if I remembered where we went on our first Valentine's Day date. I stammered for, I am certain, no more than a few seconds. That was too long, and it gave her the power she needed to open the floodgates, and the demons flowed out. All of them.

This time she seemed more vicious than ever, as if she had stored in her mental vault some tremendous relationship crimes I had committed during our time together. She decided to let them fly, in the restaurant, in the parking lot and then in the car on the way to her house. The vitriol hit me hard like a punch in the solar plexus.

This time, as it was most of the time, no point in coughing up a response. The breaker switch had flipped again, really hard. I would not be able to fix it, and I was tired of trying. I finally had enough. Why that time? I don't know. Sometimes, you do not know the end is coming until you finally reach it. This time, I felt like I could break through the window, knock down the door and get the hell out.

I left her without a word. I drove my old 1962 white Valiant as fast as it would go. I never wanted to look back. I wanted to find a place to hide and to recover. I tried.

For the first few months, I felt happy to be released from her grip, her enticing but dangerous spell. If I gave it too much room, I started to feel the magnetic pull, but I found the strength, time after time, month after month and year after year to fight it.

The years flew by like a racehorse in its final sprint. By this time, I should have felt complete relief, but regret sometimes got the upper hand. Age had made me a little soft, but the memories remained sharp, the good ones and the bad ones. Still more bad ones than good ones.

After more than a decade, I heard from friends that she had moved skillfully, yet cautiously, into her 50s. Apparently, time had not diminished her drive or her appearance. I also heard that she had finally found someone who could take the heat; that she had actually married a therapist. Ah, maybe that was the trick.

I honestly felt happy for her, because when we were together and even after I left, I could not imagine the tiniest slice of joy ever happening for her. She was just too hard, a hard pretty. No doubt she had been more than an acquired taste, but I never found a way to replace the fire from Mary Grace.

North Carolina

LUCKY

Tracy woke him with a nudge as she had done nearly every morning throughout their five-year relationship. After that first nudge, she would bound off the bed and into the shower while he dozed in and out of sleep. The first thing he would see was her still damp charcoal black hair falling down over her eyes as she kissed him good morning. He could always smell her soft, familiar water lily scent fresh from the shower. He loved the mornings with her, and it made him smile.

"Honey I'm taking the Beamer," Wilder heard her say as she headed out the door. They had recently bought the frozen blue metallic BMW. Wilder thought it was his, but she loved to drive it. He didn't care.

Since he had retired and moved to Lake Travis near Austin, he stirred much more slowly early in the day, sometimes all day. No need to rush, no need to spring out of bed, answer emails and texts, jump in the car and speed to Austin, or to anywhere. That thought made him smile again.

He knew he was lucky. Luck had followed him in so many ways and for as long as he could remember. Finally, he roused himself out of bed, grabbed his favorite coffee cup and popped in a pod of Colombian. Then, he put on his bathing suit, meandered slowly toward the pool chairs, and stared out over the lake to the beautiful, sunbathed hills on the other side.

While he moved slowly, Tracy was a ball of fire in the morning. Probably, she was off to play some tennis or meet a friend for an early coffee. She had a full and happy social life, and he loved that for her.

Like most days, he had plenty of time to soak in the sun and the view, and to think back about his life. His furry and loyal buddy, Stubby, officially Sir Stubblefield, a loving Boston Terrier, crawled onto the chair beside him, ready for some serious scratching and to join in the conversation or the silence. It didn't matter much to Stubby except for the scratching.

Yes, Wilder had been lucky, and he knew it. Luck surrounded him like scouts surround a campfire. Sometimes his luck was impossible to shake or avoid; it just happened.

He was born in Marble Falls, Texas in 1951 to middle-class and happy parents. The family moved to Abilene a few years later. He hated leaving his neighborhood friends, but his dad had found a higher-paying job. Wilder and his brother Jake would have the opportunity to attend a better high school.

At Abilene Cooper High School, Wilder met his best friend, Davis Chamberlain. They were both popular and played first-string football. Unfortunately, Wilder broke his leg in his junior year. He couldn't play his senior year and that dashed any hope of playing college ball. Davis excelled at the game, was recruited by the University of Oklahoma, and had a pretty decent college career. A bad attitude kept him out of the pros.

Wilder and Davis stayed close through the years, even though they went in different directions. While Davis attended OU, Wilder opted for warmer weather at the University of Arizona in Tucson. He quickly learned how to score well on exams without expending too much time or effort, so he had plenty of free time to explore life and adventure during his college years. Mostly, he managed to stay out of trouble except for the one time. During his freshman year, the proctor caught him out of his dorm after curfew. Wilder had to do some extra work mopping and cleaning the dorm halls for a week, but that didn't hold him back much.

Wilder and Davis were "hard hikers". They would meet at least once each semester for some serious hiking, generally somewhere in West Texas, maybe Big Bend or Guadalupe Mountains National Park. Wilder's leg injury bothered him at times, but it never stopped him from hiking to the Bowl in the Guadalupe Mountains. Once, they met at the ridge of the Grand Canyon. They started hiking down to the Colorado River before dawn and spent the night at Phantom Ranch. After a big breakfast the next morning, they started the climb out. Incredible views but that was a tough one. He often thought about it, shook his head, and laughed. He thought Davis might have to carry him on his shoulders up the last half mile.

Davis volunteered to go to Vietnam, but again Wilder was lucky. He had a high draft lottery number, so he never touched a rifle or had his ass scared off in the snake-infested jungles of Southeast Asia. That experience changed Davis's perspective on the world, but they remained close. They just didn't talk about Vietnam.

After graduating from Arizona with his good grades and his major in finance, Wilder headed straight to sunny southern California. With immaculate timing, he fell right into the real estate business working for a high-end firm in Newport Beach. Again, he was lucky. He made a killing, and he made it fast.

He loved the beach and California in the early 70s, the music and the drugs, but he knew when to cash out. He did exactly that, retired at an early age, and built a ridiculously opulent home in the hills overlooking Lake Travis just west of Austin.

Music had been a big part of Wilder's life and Austin was a great place for it, the Armadillo, the One Knite, Soap Creek Saloon –

drinking Shiner Bock, Lone Star or Pearl and listening to Doug Sahm or ZZ Top.

He had survived one tragic marriage at a very young age, but even in that marriage, Wilder had been lucky. The marriage had produced two beautiful kids who in turn produced four wonderful grandchildren. Even though Adi and her family lived in Wyoming and Twister and his lived in Maine, he saw them often. Of course, the Lake Travis house could easily accommodate all of them. He couldn't remember where Twister got that nickname, but it seemed that he had always been Twister.

He had also lived through a second failed marriage. That one ended quickly and without too much damage. Luckily, she swiftly faded into the sunset, and he never heard from her again.

Late in life, he again hit a lucky streak when he met Tracy. She was several years younger and looked it. They met while scrambling through the giant boulders at Hamilton Pool and became fast friends. The friendship quickly grew into a loveship, and Tracy eventually moved into the big house, as everyone referred to it, but not before she laid down some definitive ground rules. They both had their own lives and interests, but they traveled together and often. Tracy worked as a dental technician, but she had some family money, so she mostly worked as a temp, whenever and wherever she wanted. That gave Tracy and Wilder the opportunity to travel more often and on their own schedule.

They fit together well and made some good friends. They threw big parties in the big house. Tracy organized, coordinated, and hosted. Wilder mostly watched, laughed, chatted it up with the guests and enjoyed it all. She had a quick, crackling, and infectious laugh that often punctuated any conversation. He could hear it coming from any and all parts and all directions of the big house. He could follow her movements as if that laugh was her own tracking beam.

As the years passed, sometimes he grew a little bored, not with Tracy but with life in general or with the lack of adventure. At times, he would search for a new hobby or interest. He had even toyed with the idea of entering politics. He quickly tossed that one aside. He didn't have the stomach for it, and he didn't want people digging that deeply into his past. Besides, hard-core Republicans controlled Texas. He was probably not going to have that much appeal to the rank-and-file voters of the state. Hanging out by the pool and with friends and family was enough for him.

He was more reflective about his past these last few weeks since next month he would hit a big milestone – his 70th birthday. He knew Tracy was cooking up some big birthday celebration, so he might as well prepare to grin and bear it. He assumed that Adi, Twister and all the grandkids would be there. The grandkids were a hoot, and they loved the big house and the pool. They were a whirlwind of activity and even though Stubby was a little irritated by the incursion into his world, he eventually joined in with some serious barking, running and the grabbing of a blue jean leg of one of the kids whenever he could.

Wilder and Tracy had another trip planned for shortly after his birthday. They wanted to go to Argentina. Although they had traveled throughout Central and South America, this would be a new country for them. He was thinking about that trip, but the thought abruptly faded as a result of some abnormal intervention.

He felt a nudge like he felt every morning, but it did not feel like the nudge from Tracy. He sensed something was different. He woke up slowly, groggy and his throat hurt like hell. He reached over with his right arm and felt tubes in his left. He tried to sit up but couldn't.

He rubbed his eyes and looked around the room. He didn't recognize it. There were people in the room. Where was he? Then his eyes focused a little. He saw his parents, not as they were when they were old and dying, but much younger and healthier.

He tried to speak, but he only heard the voice of a young boy which surely was not his own. He again looked beside him and around the room and could not find Tracy.

"Where is Tracy?" he managed to ask. "Holy Jesus!" his dad said. "He is already able to speak!" "You mean the nurse, son?" "Her shift ended two hours ago just after they took the tubes out of your mouth, and you were waking up." "Tracy and Dr. Davis have been taking good care of you." "Dr. Davis said you would be dazed and disoriented when you came out of it, but that you would be back to your old self soon enough." "Just take it easy for now."

"I don't understand this!" "I am dreaming, right?" he heard the boy's voice screech. He tried to slide out of the bed, but he couldn't control his legs, so he fell back. "I have to get out of here. Where are the keys to my car?" "The Beamer!"

"Your car keys?!" "Jarvis, what in the world are you talking about?" "You are seven years old and about a decade away from getting your license!" his mom said with a nervous clamor. "You have obviously had some crazy dreams while you have been out." "And what in the world is a Beamer?"

He was stunned and shocked. "What the hell is going on here?" "Who is Jarvis?" he asked to himself more than to anyone else who might be within earshot. There was that kid's voice again.

"Jarvis, you have been in a coma for nearly four days," his dad explained calmly as he sat and pulled the chair up close to the hospital bed. "During your little league game last Saturday, you got hit in the head with the flying fat end of a broken bat while you were playing first base. You went down like a sack of potatoes." "We thought it might have killed you or surely done some lifelong damage." "You are going to have to stay here in the hospital a few more days, but after Dr. Davis removed the tubes and reviewed the latest tests and x-rays, he assured us that you are going to be fine." "Son, you were lucky. You have always been lucky."

"Even when we get you home, you are going to have to take it easy for a while. Adi and Twister figured out something was wrong since you have not been in your room for days." "Those two dogs are going to be so damn happy to see you!"

Each word he heard bit him like a rattlesnake. Adi and Twister! The dogs! Dr. Davis! Something around the edges began to come back to him, but he couldn't process it yet. Overwhelmed, he shook his head and closed his eyes again trying to clear the cobwebs. He hoped that when he opened them again, the dream would end, and he would be back with Tracy in the big house.

Two hours later, when he awoke and opened his eyes, his "young" parents were still there. Then he recognized the quick and crackling laugh and the water lily scent. He saw the charcoal black hair fall down over her eyes as she leaned toward him and said, "Hi, I'm Tracy your nurse. It's so good to see you awake!"

Lake Nahuel Huapi, San Carlos de Bariloche, Argentina

ACKNOWLEDGEMENTS

A s with the first book, I am immeasurably grateful for the support, advice, and effort from my kind and loving compañera, Isabel Argüello. The level of her involvement and input grew with each story. She served as a critical sounding board and provided thoughtful and significant suggestions throughout. Thank you for spending countless hours diligently translating each story into Spanish and for carefully editing in both English and Spanish. This writing thing would not be nearly as much fun without your involvement and support.

In memory of my dear friend
Debbie Gardner
She was one of the good ones

REVIEWS AND REGISTRATION

I hope you enjoyed this collection. As a reader, you very likely scrutinize reviews written by others when deciding what next to read. Reviews are important to both the potential reader and, of course, to the author. If you enjoyed this collection, please consider writing a review on the platform where you purchased the book. Thanks for reading and thanks for considering a review.

If you are interested in receiving notifications about future releases and other information about upcoming or past stories, collections, and books, please complete and submit the form at the following link.

Subscription Form[1]

Feel free to go straight to my website and snoop around. I plan to occasionally post excerpts from books and stories.

UNPREDICTABLE STORIES[2]

---

1. https://forms.wix.com/r/7130601670253216654

2. https://ezflaw.wixsite.com/unpreditablestories

The next project, currently entitled *LIKE A FLAMING RED HORSE* is yet another departure. It is a novelette of historical fiction. Look for it in the summer of 2024.

AFTERTHOUGHTS

In the preface to my first book, I wrote that I never thought of myself as a writer. As I worked my way through this second collection, I began to wonder when CAN you call yourself a writer?

When you publish your second book?

When you have sold a certain number of books?

When you have earned a certain level of income from book sales?

When you receive a certain number of positive reader book reviews? A positive critical review?

Those all seem pretty arbitrary.

Maybe it's simply when you don't do anything else or think about much else besides writing. When you are a writer is when you must write. You are always thinking about a story, a setting, a phrase, a line, or a word. You are obsessed with it. That's when you can say you are a writer.

Since I have now had more opportunity to write, I also began to think about when I was most inspired and when it was the easiest for me to write. When were ideas and phrases more likely to come to me? Unfortunately for Isabel, the ideas often come when I lie down and when I am trying to sleep. Worse when they come after I have slept for a while and then wake up in the middle of the night. If I wait, I will not remember them. Consequently, I have to get up and grab one electronic device or another and write them down.

Initially I read stories and books in Spanish as a means of learning Spanish. More recently, the primary reason I read Spanish is to learn from the style of writing of Latino writers, the descriptiveness, the color, the feel, the passion. Many of these writers have inspired me to write with a greater focus on the foregoing components.

As I mentioned in the first book, Juan Gomez-Jurado is one of my favorites. Hardly a few pages go by without encountering something that helps me. I have finally progressed enough to read and appreciate Gabriel Garcia Marquez, not his most difficult works but at least his short stories. He is an incredible writer and a humorous one at that. I would expect that the translations of his works to English would be equally enjoyable. I have read *Doce Cuentos Peregrinos* (Twelve Pilgrim Tales). My favorite short story in the collection is entitled "Me Alquilo Para Soñar" (I Rent to Dream). Give it a try.

LOS GEMELOS IMPROBABLES
Y MÁS HISTORIAS
EN ESPAÑOL

Cuenca, Ecuador

LOS GEMELOS IMPROBABLES

Eran gemelos, pero ciertamente no idénticos ni en el sentido literal ni en el médico. El doctor del pueblo más cercano los llamó gemelos fraternos, aunque sólo en el sentido más amplio del término. Harlon, el más pesado de los dos, vino al mundo exactamente cuatro minutos después que Marlon. Lamentablemente, su madre murió poco después de dar a luz a Harlon. La abuela asumió la pesada tarea de criar a los gemelos. No fue una tarea fácil para la abuela que había comenzado a mostrar su edad de todas las formas posibles.

Excepto por la proximidad del desarrollo en el útero de su madre y el momento del nacimiento, ninguno de los cuales fue por elección suya, Harlon y Marlon no podrían haber estado más separados en prácticamente todos los aspectos de la vida. Llamarlos "diferentes" sería trivializar lo obvio.

Marlon creció hasta ser alto y delgado como un riel, pero un riel con músculos. Harlon no llegó a ser gran cosa porque era bajo, flácido y con sobrepeso, lo que se hizo evidente a una edad muy temprana. Si los gemelos estaban uno al lado del otro, un evento que ocurría con tanta frecuencia como un eclipse solar completo, la visión sugería la de un poste de luz de creosota clavado directamente en el suelo junto a una roca pequeña, redonda y sin pulir.

Por el precio de un centavo en el carnaval, uno nunca hubiera adivinado que provenían de la misma familia, y mucho menos que eran gemelos. En pocas palabras, no tenían ni la más mínima semejanza física, pero eso era sólo la punta del iceberg de sus diferencias.

Diferencias que se hicieron cada vez más evidentes casi desde el momento en que respiraron por primera vez.

Marlon aprendió a caminar rápida y firmemente, y con un paso muy decidido, pero se negó a murmurar una palabra inteligible hasta mucho después de su segundo cumpleaños. Harlon podía hablar con tanta claridad como una campana a los diez meses, pero prefería hacerlo desde su cuna de madera hecha a mano; una cuna que ya había comenzado a arquearse y hundirse bajo la magnitud de Harlon. La abuela se preguntaba si alguna vez caminaría. Rezó para que eso sucediera pronto porque sus rodillas flaqueaban. Temía tener que pedirle a su vecino, al joven vecino, no al vecino más débil que ella, que le construyera una carreta para arrastrarlo.

Harlon jadeaba cuando hablaba, tal vez debido a su corpulencia. Marlon emitía un suave pero perceptible silbido entre dientes cada vez que encontraba una "s" al principio, en medio o al final de cualquier palabra. Nadie sabía por qué, porque para alguien que nunca había recibido atención dental, sus dientes parecían al espectador casual, de un blanco nacarado y rectos como un lápiz.

Harlon estudió mucho y le fue bien en la escuela de una sola aula en la pequeña aldea de Sierra Blanca en el extremo oeste de Texas. Marlon reprobó casi todas las materias cada año, pero los maestros siguieron empujándolo al siguiente nivel hasta que abandonó los estudios en séptimo grado.

Marlon tenía una personalidad brillante y alegre, muy apreciada por los pocos niños del vecindario. Harlon desarrolló una disposición hosca y oscura. Prefería quedarse en casa mientras la abuela se lo permitiera. Mientras estaba en su interior, pasaba horas mimando a Princess, la sabuesa de la familia a quien, por alguna razón desconocida e inexplicable, la abuela dejó vivir en la casa. A Marlon le encantaban los caballos y pasaba la mayor parte de su tiempo libre al aire libre acicalándolos en el granero.

Harlon leyó todos los libros que la abuela le dio y podía recitar muchos pasajes de memoria, aunque generalmente no había nadie allí para escucharlo ya que la abuela se había quedado sorda como una pala. Marlon apenas sabía leer, pero le encantaba cantar, lo que solía hacer a todo pulmón y al amanecer como un gallo. Como tenía una buena voz, a la abuela le encantaba, al menos antes de quedarse sorda, y lo dejó seguir adelante incluso silbando cada "s" que enfrentaba. Harlon lo odiaba, y si no fuera tan vago, podría haber intentado encontrar una manera de hacer que Marlon se detuviera.

Como Harlon era un solitario, nunca tuvo novia y ciertamente nunca se casó. Las niñas y mujeres de todas las edades amaban a Marlon. En consecuencia, se casó joven.

Al final de su adolescencia, los gemelos se despidieron de la abuela, aunque ella no podía oírlos y tomaron caminos separados y cortaron todo contacto. Marlon y su esposa se mudaron a algún lugar de Nuevo México. Harlon, habiendo finalmente reunido fuerzas para salir de la casa, se alejó contoneándose hacia el sureste de Arizona. Por lo que uno de los gemelos sabía, el otro podría estar muerto. Ese podría haber sido el final de la historia, pero no lo fue.

De hecho, Harlon y Marlon compartían una afinidad por un vicio peligroso. Ambos se las arreglaban con algún que otro robo a un banco. No un banco cualquiera, sino los bancos de los pueblos más pequeños imaginables. Los gemelos no robaban bancos juntos sino por separado y con sus bandas independientes de nefastos seguidores. Más tarde, algunas personas dirían que compartían esta tendencia porque ninguno de los dos podía ni quería mantener un trabajo durante un período de tiempo significativo.

Debido a la poca frecuencia de los robos y al hecho de que tuvieron lugar en bancos y comunidades pequeñas y en su mayoría olvidados, no causaron demasiada alarma en 1940. De hecho, ninguno de los gemelos había sido identificado nunca y sus rostros nunca aparecieron en ningún cartel de búsqueda.

Harlon y sus degenerados se quedaban en pueblos pequeños, como Dragoon y Miracle Valley, en las zonas más remotas de las montañas del sureste de Arizona. Marlon y sus vagabundos pasaban su tiempo en las zonas secas y desoladas del sur de Nuevo México, golpeando bancos en La Hacienda y Chamberino, entre otros pequeños pueblos casi desiertos. Nunca se aventuraron tan al este como El Paso ni cruzaron la frontera hacia México, aunque una vez atacaron el banco en Columbus, que se había hecho famoso unos 25 años antes cuando fue asaltado por tropas leales a Pancho Villa. Durante varios meses, los gemelos obtuvieron de estos atracos periódicos el dinero suficiente para mantenerse en comida, café y tabaco.

Rodeo, Nuevo México, un lugar chico cerca de la frontera con Arizona, alguna vez fue una parada de la línea del ferrocarril de El Paso y Southwestern. Incluso tuvo su momento como punto de envío de ganado para algunos de los ganaderos de ambos lados de la frontera entre Arizona y Nuevo México. Cobre y otros minerales también habían pasado por la línea en el camino a El Paso desde el oeste. Todo eso se detuvo con el colapso de la industria del cobre en 1924, que a su vez condujo a la fusión de algunos de los ferrocarriles y al inevitable cierre de muchas de las líneas. Eso incluía la línea a través de Rodeo.

A finales del siglo XIX, se inauguró Rodeo First Savings Bank and Trust en el pequeño puesto de avanzada. No sólo fue el primer banco sino el único banco en Rodeo. Muchos de los ganaderos más ricos de Nuevo México favorecían al banco, al igual que algunos de los propietarios, operadores y buscadores de minas prósperas de Arizona. Incluso después del colapso y el cierre de la línea ferroviaria, quedaron cantidades significativas de dinero en el área, y quienes lo tenían continuaron apoyando y apreciando el banco y la facilidad con la que podían depositar y retirar su efectivo.

Los descendientes de dos de las familias ganaderas más exitosas de la zona, los Lester y los Payne, tenían un cariño especial por el banco y hacían todo lo posible para mantenerlo a flote. Ellos, sus familiares y amigos cercanos eran los únicos responsables de sostener el diminuto banco en tiempos difíciles. Otros habían trasladado su dinero a Lordsburg, varios kilómetros al norte.

Vernon Lester se había hecho amigo recientemente de la ahora famosa artista Georgia O'Keefe, que había fijado su residencia en Nuevo México. Muchas de sus pinturas más famosas y coloridas representaban el paisaje único de Nuevo México. Vernon había engatusado a Georgia para que hiciera algo que ella nunca habría considerado si él no hubiera sido un alma tan amable y amorosa.

Un nuevo estilo de iluminación, conocida como iluminación empotrada, se había hecho popular en las principales ciudades del este y lentamente se había abierto camino como los buscadores, hacia el oeste y el suroeste. Posteriormente, los diseñadores agregaron un toque extra y colorido a este estilo de iluminación. Los vestíbulos de grandes edificios, iglesias e incluso bancos habían comenzado a cubrir las luces empotradas en el techo con vitrales. Muchos de los artistas más famosos de la época prestaron sus manos y habilidades para la creación de estas obras de vitrales, a menudo masivas. La gente venía de todas partes sólo para admirar esta nueva forma de arte.

Ante la insistencia de Vernon, Georgia había aceptado crear una pintura para un gran vitral de techo de 18 x 30 pies para cubrir la iluminación empotrada planeada para el techo del Rodeo First Savings Bank and Trust. Los Lester y los Payne, junto con sus compatriotas, habían hecho importantes contribuciones para encargar la obra y pagar a los arquitectos y diseñadores, los vidrieros y todos los artesanos relacionados que participaron en la creación e instalación en el pequeño banco de la iluminación empotrada, y el trabajo de vitrales del techo de la Sra. O'Keefe. Incluso ella había asistido a su inauguración en 1939, y aunque Rodeo estaba fuera de lo común, aquellos que viajaban entre Tucson y El Paso ocasionalmente hacían una parada en el banco para maravillarse con esta pieza única.

Justo antes del mediodía de un día árido y abrasador de mediados de junio, una camioneta Ford de media tonelada, destartalada, monótona y alguna vez negra, se abrió paso crujiendo entre los baches de la única calle de Rodeo. Pasó prácticamente desapercibida excepto por los trozos de polvo que levantaban las ruedas chirriantes y muy desgastadas y los dos perros de la aldea mordisqueando ejes. La camioneta pasó ruidosamente junto a la gasolinera con la única bomba que rara vez funcionaba. Los pies arenosos y desdentados del propietario asomaban debajo de un automóvil oxidado con sus piezas esparcidas como víctimas en un campo de batalla. El hombre en la gasolinera continuó gimiendo y gruñendo mientras arrojaba a un lado otra pieza no identificable de debajo de los escombros sin pensar dos veces en el otro vehículo que pasaba con los dos perros a cuestas. Al final, la triste excusa de una camioneta se detuvo con un ruido asfixiante y complicado justo delante del banco.

La puerta del pasajero se abrió con un chirrido y lentamente Marlon salió, desplegándose como una escalera deslizante. Primero vinieron las piernas como zancos, seguidas poco después por el torso largo y delgado, y finalmente el rostro demacrado y alargado que, a primera vista, parecía extenderse hasta la mitad de su pecho.

Una vez fuera de la estrecha cabina de la camioneta, Marlon y dos miembros de su pandilla entraron rápida y silenciosamente al antiguo Rodeo First Savings Bank and Trust. "Todos al suelo, boca abajo, menos ustedes los cajeros", gritó y silbó Marlon. Los tres clientes del banco y el guardia de seguridad anciano y somnoliento obedecieron inmediatamente la orden como perros adiestrados.

Justo cuando el guardia de seguridad luchaba por alcanzar su posición boca abajo en el suelo, lo que le había llevado algo de tiempo y un esfuerzo considerable debido a su edad y fragilidad, a través de la puerta principal, la única puerta, entró Harlon con tres de sus merodeadores enmascarados.

Harlon no llevaba bien sus años. Su rostro golpeado por el viento parecía tan áspero como papel de lija grueso. Se había ampliado considerablemente en ancho, pero ni un centímetro en alto, pareciéndose a un globo en miniatura del desfile del Día de Acción de Gracias de Macy.

Después de congelarse simultáneamente por el asombro, pero sólo momentáneamente, los siete confundidos y atónitos aspirantes a ladrones de bancos comenzaron a agitar y apuntar su amplia gama de armas en todas direcciones, particularmente los de un grupo hacia los del otro.

En el mismo instante, Harlon y Marlon les dijeron a sus muchachos: "¡Esperen aquí!" Harlon se secó el ceño fruncido con la manga de su camisa mientras caminaba lentamente, moviendo su considerable corpulencia a través del vestíbulo y entre los clientes y el guardia de seguridad esparcidos por el piso a un pie de Marlon.

"¿Marlon?" "¿Eres tú?" -resolló Harlon desconcertado-. "¡Pensé que estabas muerto!" "Bueno, ahora que te vi, ¡desearía poder estarlo!" Marlon respondió esta vez con un silbido aún más fuerte. "¿Qué diablos estás haciendo aquí?" le gritó a Harlon. "Bueno, ¡estaba planeando robar este banco hasta que te interpusiste en mi camino!" —replicó Harlon. "¡¿Qué estás haciendo TÚ aquí?!" gruñó, escupiendo saliva a Marlon. "¡lo mismo que tú!" Marlon aulló.

"Escuché que vivías en Arizona. ¿No sabes que Nuevo México es mi territorio? Marlon gritó aún más fuerte en la cara de Harlon. "No sé nada de eso", baló Harlon, "y además podría escupir desde la frontera de Arizona y golpear al cajero en el ojo. ¡No está a ni un kilómetro de la frontera!"

"¿Cómo llegaste aquí?" preguntó Marlon con incredulidad. "Subimos y enganchamos los caballos atrás". "¿Tú? ¿A caballo?" Marlon se rió hasta resoplar. "¿Cuántas manos fueron necesarias para subirte y bajarte de nuevo? ¡Necesitaría ver eso antes de creerlo! ¡Me compadezco del caballo que tuvo que llevarte!"

"Los caballos son más silenciosos y permiten una escapada más rápida que esa pieza de chatarra que está enfrente". "Además no necesitamos caminos y los caballos son más difíciles de rastrear". "Caray, no eres más inteligente que el día que dejaste la casa de la abuela".

Durante este breve pero intenso intercambio, el nivel de ira y agitación de cada gemelo comenzó a elevarse al igual que el nivel de nerviosismo entre todos los compañeros de los gemelos. Harlon arrastraba los pies y caminaba por el vestíbulo tocando su Smith & Wesson .38. Marlon mantenía firme su metralleta. Si bien las turbulencias continuaron aumentando, también lo hizo el modo de andar de Harlon, lo que dada a su amplia estatura sorprendió a quienes lo conocían. A pesar de la tensión, ninguno de los gemelos, hasta el momento, había apuntado su arma al otro.

"¿Cómo diablos vamos a arreglar esto?" Harlon gimió. "Probablemente no haya suficiente dinero aquí para alimentar a dos pollos".

"Tengo una idea", sonrió Marlon. "¿Por qué no sales tú y tus tres compañeros del espectáculo por esa puerta por la que acabas de entrar?"

Esa afirmación no le cayó bien a Harlon y su paso ansioso y su perturbación aumentaron un nivel más. No se dio cuenta del decrépito guardia de seguridad tendido en el suelo, precariamente cerca de él. Harlon miró a Marlon y retrocedió un par de pasos ordenando sus pensamientos y contemplando su respuesta. Al hacerlo, tropezó con la pierna derecha torcida del guardia de seguridad. Mientras luchaba por mantener el equilibrio, Harlon reflexivamente apretó el gatillo de su .38, que en ese momento estaba apuntando inadvertidamente directamente a Marlon. El poderoso impacto a tan corta distancia abrió un agujero del tamaño de un dólar de plata justo en el centro del pecho de Marlon, aproximadamente a una pulgada de su corazón. Los ojos de Marlon se pusieron en blanco hacia el cielo mientras jadeaba por sus últimas respiraciones. La fuerte sacudida de la bala lo hizo retroceder. Mientras caía, su dedo se apretó instintivamente, lo que le hizo disparar la metralleta directamente hacia arriba, lanzando balas en rápida sucesión y destrozando el hermoso vitral del techo creado por Georgia O'Keefe y tantos otros.

La lluvia de balas envió fragmentos de vidrio de todos los tamaños y formas y en todos los tonos de verde, azul, tostado y amarillo en todas direcciones. Uno de los fragmentos más grandes, de unos quince centímetros de largo y cinco de ancho, en forma de carámbano imperfecto con bordes afilados, y principalmente de un color rojo apagado y naranja intenso, cayó hacia abajo. Mientras Harlon yacía aturdido, boca arriba en el suelo, este carámbano imperfecto cortó la arteria radial de su muñeca izquierda. La sangre brotó de él como una botella volcada de buen whisky irlandés.

Harlon había nacido exactamente cuatro minutos después de Marlon, y murió exactamente cuatro minutos después que él, y así termina la historia para los gemelos más improbables.

North Carolina

SUS BOTAS

A l subir al tren, él notó que el termómetro en el andén marcaba 90 grados fahrenheit. El cielo de la mañana había pasado de un color naranja mandarina justo después del amanecer a un color brillante y azul sin nubes. El tren de la línea Harrisburg salía de Galveston a las 8:00 am en punto todos los días en la mañana excepto, por supuesto, en Semana Santa y Navidad. Él se dirigía a Columbus, y luego hacia el norte para visitar a su familia en el centro de Texas. Había hecho el viaje varias veces. Era bastante agradable, salvo por el calor opresivo en pleno verano.

Dada la duración relativamente corta del viaje, él siempre optaba por un asiento en primera fila del vagón de segunda clase. Aunque los asientos de esa fila miraban hacia la parte trasera del tren, no se reclinaban y ofrecían un espacio mínimo para las piernas, no le importaba. Tenía una mejor visión de sus compañeros de viaje desde esta perspectiva. Preferiría estudiar las miradas de los rostros de los demás pasajeros que reflexionar sobre ellos basándose únicamente en una vista de la parte posterior de sus cabezas.

Desde su asiento favorito podía ver sombreros, cabellos, ojos, orejas, rostros y atuendos. Las señoras un poco viejas se abanicaban con abanicos baratos comprados en el comercio general y los niños se retorcían en sus asientos. Algunos clientes habituales se quedaban dormidos y empezaban a roncar en toda regla incluso antes de que el tren saliera de la estación.

Ella estaba sentada dos filas atrás, mirando hacia adelante y en el lado opuesto del pasillo. Como no había nadie sentado a su lado, tenía mucho espacio. El asiento adyacente abierto podría deberse a su aspecto bastante impresionante o simplemente al hecho de que era una mujer que viajaba sola. En la década de 1890, en Texas, una mujer rara vez viajaba en un tren de pasajeros sin escolta ni acompañante.

En el calor implacable, su ropa se pegaba a su cuerpo como un niño asustado a una madre indiferente. Incluso en estas malas condiciones climáticas, ella parecía orgullosa y confiada, segura de sí misma. Se sentó erguida y mantuvo la cabeza en alto, sin apenas moverse, casi estatuaria.

Él comenzó a estudiarla como un pintor estudia a su modelo. Podía ver su pecho elevarse y caer con su respiración, en perfecto ritmo con cada revolución de la rueda motriz del tren – acero contra acero.

Sus ojos almendrados, en forma y tinte, descansaban cómodamente sobre su pronunciado pómulo. Su perpetua sonrisa no apuntaba a nadie en particular, como si tal vez estuviera preparándose para ser presentada como invitada de honor en una fiesta en casa. Asimismo, su barbilla con hoyuelo no daba ninguna pista de su origen o de dónde venía. Él se preguntaba si ella viajaba hasta Columbus o desembarcaría en una de las pocas paradas por el camino. Se encontró deseando que ella se quedara en el tren.

Con una rápida mirada a su mano sin guantes, él no vio ningún indicio de anillo de bodas. Su sombrero de ala ancha reposaba respetuosamente en su regazo. Aun así, ella apenas se movía.

Cuando de vez en cuando ella se giraba para mirarse por detrás, él podía ver que su cabello negro azabache fluía como un río peligroso y sinuoso hasta la mitad de su espalda y abrazaba su vestido color orquídea.

Luego vio las botas. Su pulcra y elegante falda caía justo debajo de sus tobillos, pero cuando cruzaba las piernas correctamente, la falda le subía más.

A sus 28 años, él nunca había visto botas como éstas en una mujer, una mujer relativamente hermosa, además. Las botas estaban construidas con dos materiales diferentes. La parte inferior, hecha de frío cuero negro, le llegaba justo debajo de los tobillos. Gamuza color canela comprendía la parte superior y una parte mucho más grande de las botas, que se extendía casi hasta las rodillas. De abajo a arriba, grandes botones dorados y relucientes que pasaban a través de aros aún más grandes hechos de tejido de hilo negro. Estos botones abrochados sujetaban firmemente la parte de gamuza de cada bota. También pudo distinguir aproximadamente cinco centímetros de altura en los tacones de las botas.

Las botas lo hipnotizaron. Había algo extrañamente excitante en mirar sus botas, como si estuviera mirando dentro de su dormitorio. Trató de no perforarla con su mirada inquebrantable. Quería mirar hacia otro lado, pero no podía. Afortunadamente, el tren dio una sacudida, y lo despertó, al menos momentáneamente, de su estupor. Él esperaba que ella no lo hubiera pillado mirándola.

Mientras el tren comenzaba a rodar suavemente otra vez y avanzaba por la vía, él analizó mentalmente las formas en que podría iniciar una conversación con ella. A ver, ¿cómo empezaría? "Buen día. ¿Te importa si me siento a tu lado?" Ridículo y demasiado directo. "Hola, ¿no pude evitar fijarme en tus botas?" ¿En serio? Eso nunca funcionaría. Justo cuando pensaba que había logrado algo plausible, el conductor anunció la parada de Buffalo Bayou y, cuando sonó el silbato, el tren se detuvo con un chirrido, brusco y rápido.

Ella rápidamente agarró su sombrero y se puso de pie. Era alta y delgada, y las botas la hacían parecer aún más alta. Ahora él podía ver más del vestido de orquídeas ceñido con fuerza a su cintura. Gracias a los tacones, el vestido no tocaba el suelo, por lo que aún podía ver la parte inferior de cuero negro de las botas... y los tacones.

Mientras ella aparentemente flotaba junto a él, le dio una rápida mirada. Su atractivo y una fragancia casi abrumadora la seguía como si tuviera vida propia, una doncella esperando sólo para servir a su ama.

El suave balanceo, hacia adelante y hacia atrás de sus caderas y el susurro de su vestido contra las botas mientras ella pasaba, lo hipnotizaron como la cadena oscilante del reloj de un psiquiatra. Sabía que ella era demasiado para él y tenía que dejarla ir incluso antes de poder hacerla suya.

Luego ella bajó a la plataforma de madera. Lentamente, suavemente, sus botas y el sueño desaparecieron en el humo de carbón y hollín que brotaba como lava de la chimenea del tren.

Punta Gallinas, La Guajira, Colombia

CRUSTY Y EL JOVEN

En la década de 1960, Odessa era una ciudad arenosa, seca y desolada del oeste de Texas. Era plano en todas direcciones y en todas direcciones, torres de perforación de petróleo y tanques de almacenamiento surgían de la bruma sepia como monstruos metálicos sin vida. Su vecina, Midland, la había eclipsado en casi todas las categorías, y Odessa se había convertido ahora en la hermana mayor ignorada y amargada.

El crecimiento de Midland y el dominio de la industria en la zona habían enojado a muchos residentes de Odessa, tanto a jóvenes como a mayores. Esa ira a menudo llevaba a beber en exceso, lo que, a su vez, generaba algún comportamiento beligerante y desagradable. La persona que presentaba ese comportamiento agresivo a menudo lo dirigía hacia su propia familia.

El padre del niño se había vuelto borracho. No sólo un borracho, sino un borracho violento que, figurativa y literalmente, atacaba todo lo que le rodeaba. Eso incluía la televisión, los platos de la cocina, las fotografías enmarcadas, el perro, pero lo más inquietante, el niño y su madre. Con demasiada frecuencia sentían el peso de ese comportamiento destructivo. En medio de sus ataques a todo y a todos los que estaban al alcance de su mano, la madre agarró a su hijo que entonces tenía 15 años y dejaron atrás a Odessa para siempre. Se dirigieron al este, a Brownwood, donde rápidamente se adaptaron a lo que esperaban fuera una vida mejor, o al menos más segura y tranquila.

Desafortunadamente, el joven tenía muy pocas cosas a su favor y muchas en su contra. Por un lado, tartamudeaba y en ese momento en un pueblo pequeño, eso no auguraba nada bueno para un adolescente. Agregado a esto el hecho de que, a una edad demasiado temprana, tuvo un ataque de parálisis que probablemente se debió a que su padre lo abofeteaba demasiadas veces cuando regresaba a casa ciego y borracho. Esto lo había dejado con un estrabismo tan intenso en el ojo izquierdo que, la mayor parte del tiempo parecía estar totalmente cerrado. La combinación de los dos había asegurado que el joven no pudiera encontrar ni un solo amigo.

Hacía unos treinta años, Crusty había llegado al sur, a Brownwood, desde algún lugar de Nebraska. Encontró un viejo granero en ruinas en el otro extremo de Vincent Street y lo convirtió en una sala de billar medio decente. Lo abrió y lo ejecutó todos los días del año. Se rumoreaba que Crusty había viajado con un circo, haciendo qué, nadie lo sabía y cómo perdió las piernas, eso tampoco lo sabía nadie. En cualquier caso, Crusty pasaba sus días dando vueltas por el salón de billar en su andrajosa silla de ruedas.

Crusty era, bueno, "Crusty". Parecía malhumorado y actuaba malhumorado. Tenía la cara de un bulldog y también el temperamento de uno. En lugar de su lengua, siempre colgaba de la comisura de su boca un cigarro medio masticado y medio fumado.

Crusty nunca conoció a una persona que le agradara y nunca tuvo una palabra amable para nadie. De hecho, no tenía mucho que decir excepto "25 centavos por juego", y eso no era colocado tan suavemente entre una rápida serie de obscenidades que avergonzarían a un marinero.

Mientras rodaba en su silla, llevaba consigo un taco roto. Lo sostenía en su mano derecha y constantemente se golpeaba la palma izquierda con él. Parecía como si tuviera ganas de usarlo. El mejor consejo que se le podía dar a cualquier visitante del salón de billar era que se mantuviera alejado de su camino cuando él viniera rodando en su dirección, y era mejor que no se sentara en una de las mesas.

Los Belle Plain Bullies dominaban el salón de billar, y Crusty los dejaba en su mayoría siempre que pagaran 25 centavos por cada partida de billar. En realidad, no eran una pandilla seria, solo tres chicos punk irritantes. Cadenas, el líder de los tres, obtuvo su apodo del hecho de que, más o menos, estaba cubierto de cadenas. Había atado su reloj de bolsillo y su billetera casi vacía a una cadena que colgaba del bolsillo roto de su pantalón; llevaba una cadena de metal barata a modo de cinturón; y tenía una cadena aún más barata alrededor del cuello. Se podía ver el tinte verdoso que la cadena dejaba en su cuello cuando se inclinaba, mirando por encima de la bola blanca para su siguiente tiro. Incluso tenía un tatuaje descolorido de una cadena en la nuca. Cadenas parecía amenazador y su labio superior invariablemente se curvaba cuando hablaba, dejando al descubierto un par de dientes faltantes. Dado que él era el que hablaba más en nombre de los Bullies, cualquiera que mirara en esa dirección se topaba con demasiada frecuencia con esa visión desagradable.

El siguiente en la fila era Bolsas, que era bajo y parecía aún más bajo porque siempre usaba pantalones holgados. La pobre excusa de los pantalones requería un mantenimiento constante para mantenerlos en su lugar. Debido a su estatura, parecían demasiado largos o cortos según el punto de vista. Terminaban justo por encima de sus tobillos y mostraban demasiado de su ropa interior desintegrándose. Bolsas servía principalmente como partidario de Cadenas y se reía nerviosamente de todo lo que él decía, sin importar si requería reírse. Generalmente no era así.

Jordie ocupaba la humilde tercera y última posición entre los Bullies. Permanecía tan callado e insignificante que ni siquiera se había ganado un apodo. Simplemente seguía las órdenes de Cadenas y parecía feliz haciéndolo.

Los Bullies eran bulliciosos y ruidosos, pero en su mayoría se mantenían reservados y los demás clientes los ignoraban. Eso fue hasta que descubrieron al joven, un blanco fácil.

Al adolescente, la sala de billar le había parecido inicialmente un lugar seguro. Pasaba horas allí día tras día, francamente porque no tenía otro lugar adónde ir. Incluso limpiaba las mesas con un trapo y un cepillo. Crusty nunca le preguntó, pero nunca lo detuvo.

Al principio, los Bullies sólo fastidiaban y se burlaban un poco de él, haciendo mofa de su ojo y su tartamudeo. El joven simplemente se movía al otro lado de la gran sala tratando de evitarlos. A veces se iba, pero siempre regresaba y ellos empezaban de nuevo.

Con el tiempo, el tormento empeoró y dio lugar a algún contacto no deseado y perturbador. A veces, Cadenas o Bolsas agarraban al joven y sumergían cada uno de sus dedos en la tiza, volviendo las puntas de un azul brillante. Si podían acercarse sigilosamente detrás de él, le daban una palmada en el trasero después de cubrirse las palmas con el talco blanco que se encontraba por todo el salón de billar. Eso dejaba dos huellas de manos que permanecerían durante un par de horas hasta que el muchacho encontrara una manera de limpiarlas. Otras veces, mojaban sus propios dedos en la tiza y dibujaban círculos alrededor de los ojos del joven. Esto le molestaba tanto que huía por la puerta trasera, pero siempre regresaba tímidamente, escabulléndose en uno u otro rincón esperando no ser visto. Aun así, el tormento continuó aumentando y Cadenas ocasionalmente golpeaba al niño en el estómago con un taco.

Crusty nunca intervenía, pero observaba. Una tarde, se acercó al adolescente y le dijo: "Ven aquí mañana por la tarde a las 5 en punto". Todos los días durante los siguientes seis meses, el joven llegaba a las cinco de la tarde sin falta. Cada tarde, Crusty saludaba a su ayudante no remunerado y llevaba al muchacho a la habitación trasera, donde pasaban un par de horas detrás de la puerta cerrada. De vez en cuando, durante el descanso entre las canciones que sonaban a todo volumen en la máquina de discos Wurlitzer, un fuerte golpe emanaba de la trastienda. Pocos jugadores de billar prestaban atención.

A última hora de una tarde inusualmente fresca de septiembre, cuando los vientos del otoño comenzaban a quitar las hojas de los árboles, Crusty salió de la habitación trasera, se acercó a la máquina de discos y desconectó el enchufe. Este comportamiento inesperado y extraño de su parte detuvo los juegos, y todas las cabezas se volvieron hacia Crusty, y luego hacia la puerta ahora abierta de la trastienda.

El joven salió, luciendo mayor y tan resbaladizo como el hielo. Vestía un traje marrón claro y chaleco abotonado del mismo tono. Su camisa color crema asomaba por encima del chaleco. Las perneras del pantalón del traje terminaban en la parte superior de sus zapatos de charol marrón. Una gabardina ligera de color verde salvia colgaba sobre sus hombros complementando la corbata del mismo color. Una gorra de tweed Gatsby de vendedor de periódicos acentuaba su cabello negro azabache, que había sido recogido en una cola de caballo. Llevaba gafas ligeramente teñidas de azul que enmascaraban su incesante estrabismo. Parecía como si hubiera saltado de las páginas de un catálogo de Neiman Marcus.

Nadie se movió excepto Jordie, quien lentamente levantó su brazo derecho y señaló al joven. Cuando el brazo de Jordie estuvo paralelo al suelo, en un instante inconmensurable, con su mano derecha el joven sacó una daga Spartan del bolsillo interior izquierdo de la gabardina y la arrojó fuerte y rápido hacia Jordie de la misma manera que lo haría un jugador de tenis al aplastar un revés. Un instante después, la daga clavó la camisa holgada de Jordie en la pared, justo debajo de su codo derecho, dejando el brazo de Jordie extendido y rígido mientras descansaba sobre la hoja y el mango grande. El movimiento de una fracción de segundo sorprendió a Jordie, pero la espada no había tocado ni un pelo de su cuerpo.

La boca de Bolsas se abrió cuando vio lo que le había pasado a Jordie, y sus ojos se hicieron tan grandes y redondos como la bola blanca en la mesa de billar central. Antes de que pudiera moverse, la mano izquierda del joven se disparó en el bolsillo derecho de su chaleco, extrayendo la hoja de acero Hibben que impulsó hacia Bolsas en un milisegundo y con un movimiento por debajo de la mano. La hoja voló más rápido de lo que los ojos podían seguir y grapó la entrepierna baja de los pantalones cortos demasiado holgados de Bolsas a una columna de madera cuadrada en el medio del pasillo. En un instante, apareció una mancha húmeda en los pantalones alrededor de la cuchilla y un chorro corrió por la pierna derecha de Bolsas. No era sangre. Las lágrimas comenzaron a rodar por las mejillas de Bolsas.

En ese momento, todos los ojos estaban puestos en Cadenas. El cual corrió como un rayo hacia la puerta trasera, pero no más rápido de lo que Crusty podía rodar. Crusty lo golpeó de lleno en la rótula derecha con su taco roto, y el golpe envió a Cadenas agitándose por el aire en lo que parecía ser una escena de acrobacias en cámara lenta de una mala película de kárate, justo cuando el joven dejó volar como un halcón, el cuchillo Bowie en la dirección de Cadenas.

Jardín, Colombia

LA VIDA IMITA LA VIDA

L a luna se había transformado en una media luna dorada menguante

Apenas visible por encima del tenue resplandor de las farolas luminiscentes que todavía se alineaban en la calle lateral, en su mayoría olvidadas y desoladas

Una calle que había perdido la batalla de la convalecencia y se había rendido derrotada

El adoquín se deslizaba colina abajo pasando por el jardín cubierto de maleza y el sillón reclinable roto, deteniéndose a pocos pasos de la entrada del desaliñado local

El neón zumbante y parpadeante del frente había perdido algunas letras

Tanto el pequeño restaurante como la única camarera habían visto días mejores

Sus dos uniformes idénticos habían comenzado a descolorarse y deshilacharse

Habían comenzado nítidos, pero se habían vuelto de un gris espeluznante y monótono

No importaba mucho ya que nadie se molestaba en inspeccionar

Rara vez la miraban de pasada cuando pagaban apresuradamente la cuenta

La campana que rompe el silencio suena como un cliente impaciente en el mostrador de un motel barato

Señalando otra orden, esperándola detrás del mostrador medio pulido

El implacable sonido la saca de su hechizo de ensoñación

La mesera avanza lentamente hacia la cocina que la rodea como una celda de prisión

Los gruñidos del cocinero ahogan la charla de los dos clientes sentados en sus taburetes

Mientras el humo de la parrilla usada en exceso se eleva cómodamente justo debajo del techo manchado de grasa

Ella agarra dos platos adornados con carne poco atractiva y patatas fritas que nadan impotentes en charcos aceitosos

Luego los empuja bruscamente frente a los dos personajes del cómic y suspira profundamente

Él siempre se materializaba como una aparición confusa

Deslizándose silenciosamente a la misma posición en el mismo reservado de la esquina

Con el cuello de su chaqueta arrugada levantado como un detective de poca monta de una novela de diez centavos, que podría haber leído en su juventud abandonada hace mucho tiempo

La camarera sabía su pedido sin intercambiar una sola palabra
Huevos fáciles, croquetas de patata y dos tiras de tocino crujiente
A estas alturas, pasarle un menú parecería extrañamente absurdo
O al menos daría la impresión equivocada de que era un extraño

Él nunca se despojaba de su sombrero de fieltro ligeramente desgastado
ni del abrigo con cuello levantado
Listo en cualquier momento para perseguir al próximo matón
callejero
Rara vez levantaba la vista y siempre acariciaba sin pensar su taza de
café rota
Cuando ella captaba su atención, él parecía andrajoso y abatido
como un viejo dólar de plata

Él tenía un bigote fino como un lápiz de Errol Flynn, pero sus cejas eran
más espesas que la melena de un caballo
Se sentaba como una estatua con sólo un movimiento perceptible
cuando tomaba un sorbo o un bocado
Su barbilla se hundía en el cemento mientras él miraba su reflejo
en el cristal de la ventana, luchando otra batalla con una noche fría e
implacable

Bailaban el mismo baile día tras día y semana tras semana
Ninguno de los dos ofrecía al otro un giro sombrío ni siquiera banal
de la historia
Pero sí compartían algún tipo de consuelo en la rutina repetitiva
Y con la certeza de que volvería a suceder

Ella imagina el rompecabezas fragmentado que de alguna manera encaja para formar la vida de él

Ella contempla, pero no puede evocar la imagen de una esposa

¿Busca él en el restaurante solitario ahogar su miseria o calmar algún miedo persistente?

Ella junta los hilos, pero el final sigue sin estar claro

En una noche particularmente sombría mientras se levanta incómodo de la mesa

Él le lanza una mirada dura y penetrante que se clava profundamente en la piel de ella

Tal vez le esté enviando un mensaje en la medida de sus posibilidades

Ella siente que el juego cambiará y el baile lento se acerca a su fin

Mientras las sombras de la próxima tarde perezosa se arrastran como un gato negro por el camino

La camarera espera e intenta enterrar la ansiedad, pero el esfuerzo es en vano

Enciende su último cigarrillo y arruga el paquete mientras su esperanza se disipa lentamente

Su miedo crece porque la rutina de él nunca cambia

A medida que cada noche choca con la mañana siguiente, la camarera espera, pero sabe

El tiempo pasa, pero la puerta nunca se abre y él nunca aparece

Ella tiembla y se estremece, pero todavía espera por si acaso
Le cuesta aceptar que él desapareció sin dejar rastro

A medida que pasan los días, ella espera que pronto su imagen se desvanezca y se evapore
Que los recuerdos eventualmente se desintegren
Pero la campana de pedidos vuelve a sonar enojada y ella todavía puede ver su rostro
Su abrigo, su sombrero y sus rasgos peculiares

Una noche mientras entra y sale de su aturdimiento persistente
La camarera ve una foto del rostro de él en la segunda página del periódico
La historia dice que él murió pacíficamente y con su familia a su lado
Ella lee las palabras, pero no puede librarse de su mirada

Ella se siente nadando a través de un maremoto de tristeza e ira
Todo dirigido a un hombre que era poco más que un extraño
Como si el pequeño mundo de ella hubiera sido sacudido hasta su cimiento
No puede evitar preguntarse si podría haber habido algo más

El cocinero toca el timbre avisándole que hay otro pedido
Un nuevo cliente entra arrastrando los pies al reservado de la esquina que había sido el dominio de él
Ella apaga otro cigarrillo antes de llenarle la taza de café

Deja caer el menú desgastado y trata de bloquear el dolor
Mientras la vida imita la vida en el pequeño restaurante de la calle olvidada

Barichara, Colombia

EL PETARDO EXPLOTA

F inalmente ellos habían encontrado el tiempo para unas vacaciones muy necesarias, aunque cortas, pero con suerte relajantes. El vuelo directo de San José a Medellín había llegado a última hora de la noche. Durante el largo viaje en el taxi hacia El Poblado, las luces distantes de la ciudad parpadearon y luego desaparecieron abruptamente cuando llegaron al enorme túnel. Cuando el taxi finalmente se detuvo con un chirrido frente al Hotel Kimah, estaban cansados y listos para dormir.

Marcos, el recepcionista nocturno, parecía bastante amable, incluso amigable, dada la hora avanzada. Ellos estaban tan agotados que realmente no notaron nada inusual en él, hasta que cargaron sus maletas por los dos tramos de escaleras hasta su habitación.

Todo comenzó en el momento en que se metieron en la cama. Para resumirlo en una sola palabra, Marcos era RUIDOSO. Todo lo que hacía era RUIDOSO.

Comenzó con la música. ¿Quién quiere escuchar música por el sistema de altavoces de un hotel a las 11:30 de la noche? No cualquier música, sino música electrónica FUERTE que puedes sentir tanto como escuchar con sus bajos y baterías abrumadores, contundentes y repetitivas. El tipo de música que nunca parece ir a ninguna parte pero que nunca parece terminar. El tipo de música en la que una canción se fusiona con la siguiente sin perder el ritmo.

Cuando la música paró, empezó la televisión, con reposiciones nocturnas de telenovelas y la actuación excesivamente dramatizada de las famosas telenovelas mexicanas. Los que tienen escenas cortas intercaladas entre comerciales largos y con la cámara acercándose a una cara justo antes y después de cada uno de esos muchos comerciales. Incluso a un volumen regular, el discurso innecesariamente enfático de los actores sonaba estridente y doloroso, pero a Marcos le gustaba ver y escuchar las telenovelas EN ALTO y hasta tarde la noche.

Luego vinieron las llamadas telefónicas. Marcos no hablaba por teléfono; GRITABA por teléfono. ¿Estaba sordo? ¿Creía que la persona al otro lado del teléfono era sorda?

Ballard podía hablar suficiente español para entender lo que Marcos estaba hablando, no, gritándole a su madre, no de una manera enojada o insultante, solo simple y RUIDO. Segundos después de finalizar la primera llamada telefónica, comenzó otra llamada de treinta minutos con su hermano en Cartagena. Marcos no cambió su tono ni medio tono ni su volumen un decibelio entre las dos llamadas telefónicas. Parecía disfrutar del intenso volumen de su propia voz y supuso que todos los que se encontraban a un kilómetro a la redonda también lo disfrutaban.

Sólo la charla interrumpía la otra cacofonía de ruido cuando alguien entraba al área de recepción: un nuevo huésped, el guardia de seguridad, cualquiera. Por supuesto, la atronadora charla provenía de lo más profundo de Marcos, no del invitado, ni el guardia de seguridad o de cualquier otra persona que entrara al vestíbulo.

Además de las llamadas telefónicas, la música, las charlas y las telenovelas, Marcos tenía la costumbre de toser y carraspear. Ballard se preguntaba si estaba enfermo o si simplemente hablaba tanto que se atragantaba con sus propias palabras. Cualquiera que fuera la razón o causa, nunca parecía aclararse; como si se hubiera tragado un trozo seco de pastel de chocolate que se hubiera alojado en algún lugar del extremo sur de su garganta y ninguna tos, jadeo, carraspeo o grito pudiera desalojarlo.

La primera noche fue difícil, pero la esposa de Ballard lo calmó y lo ayudó a superarla. De alguna manera lo logró, pero con un grado inusualmente elevado de mal humor a la mañana siguiente. Evitó a Marcos todo el día, temiendo que, si se cruzaban, podría perder los pocos estribos que le quedaban.

La segunda noche fue peor y Ballard logró dormir sólo unos momentos. Su irritación y tensión comenzaron a convertirse en una tormenta inminente. Ballard realmente podía sentir los latidos de su corazón, el aumento de su pulso, los golpes en su cabeza, la respiración exagerada, el ligero temblor en sus manos e incluso el temblor de su voz.

Esta no era la primera vez ni mucho menos, que Ballard tenía esta reacción ante alguna perturbación externa que percibía como injustificada y agravante. El hecho es que Ballard tenía un problema de ira. Era como un petardo con una mecha extremadamente larga. En el caso de Ballard, una vez que algo encendía la mecha, sin importar cuánto tiempo tardara en alcanzar el petardo, eventualmente lo alcanzaría y se produciría una explosión. Hasta este punto, esas explosiones no habían herido a nadie, ni a Ballard, ni a nadie a su alrededor, tal vez más por suerte o por casualidad que por diseño.

Ballard había probado alguna terapia para controlar la ira ante la insistencia de su esposa, pero la había abandonado después de un par de sesiones. Consideraba la terapia como una muleta sólo para los débiles que no podían resolver sus propios problemas.

Durante la tercera noche en el hotel, el ruido alcanzó un nivel insoportable para Ballard. Las ojeras y las bolsas bajo sus ojos se habían transformado en grandes y pesadas maletas negras. No podía dormir con tanto ruido.

No podía encontrar una posición cómoda, dando vueltas, contorsionándose y convulsionándo como un posesionado. Aun así, probó todos los ángulos, pero podía sentir cada hueso de su cuerpo: hueso rozando hueso, diente contra diente.

Podía sentirlo todo. Podía sentir cada costura de su pijama de algodón, la almohada dura y la manta que le picaba. Sintió calor, especialmente en los pies, así que se quitó los calcetines y los arrojó al suelo.

Podía oír todo, o eso creía. Podía oír el agua goteando de la ducha de la habitación de al lado. Podía escuchar una sirena de policía a unas cuadras de distancia. Incluso por encima de Marcos, podía oír el karaoke procedente de un bar calle abajo.

El ruido blanco que había programado en su celular no ayudó. Lo había descubierto hacía poco y ponía su grabación de ruido blanco favorita para contrarrestar la música suave o la charla de un vecino de una calle cercana. En casa había funcionado para esas molestias menores. Los sonidos que emanaban de Marcos y de todas partes atravesaban este débil intento como un dardo envenenado que envía su veneno de ira por todo su cuerpo.

"Déjame bajar y hablar con él, cariño", insistió la esposa de Ballard. "No, yo me encargaré", refunfuñó Ballard.

Ballard se vistió rápidamente y salió corriendo por la puerta hacia las escaleras. Estaba agitado y le temblaban las manos. Nuevamente podía sentir su corazón latiendo con fuerza.

Al principio Ballard lo pasó, luego se detuvo, se dio la vuelta y volvió a él. Lo más silenciosamente posible, rompió el cristal con el pequeño martillo que colgaba en el aire debajo y sacó el extintor. Era el tamaño perfecto. Continuó bajando las escaleras. Un minuto más tarde, un ruido ahogado irradió desde el vestíbulo seguido de un silencio extraño e inquietante.

Cuando Ballard regresó a la habitación, su esposa estaba sentada erguida en la cama, con los ojos muy abiertos y rígida como una tabla.

"¿Qué pasó?" ella preguntó. "Ahora Marcos se quedará callado", respondió Ballard.

Ballard se hundió como una roca pesada en un sueño profundo, sólo para despertarse sudando frío. Comprobó la hora: 3:05 a.m.

Un fuerte sonido procedente del vestíbulo resonaba por todo el hotel y se deslizaba por debajo de la puerta de su habitación. Ballard se frotó los ojos y trató de aclarar su cabeza. Se levantó de la cama y abrió la puerta de la habitación del hotel solo para escuchar a Marcos hablando EN ALTO por teléfono - con su madre.

Café Arte y Pasión, Bogotá, Colombia

NACIDO DEL OTRO LADO

Sus padres le pusieron el nombre de Rafael Emilio Díaz Contreras, pero todos lo llamaban Cinco. Adquirió el apodo de Cinco por ser el quinto hijo nacido en la casa de adobe de su familia en el pequeño pueblo de El Moral, Coahuila, México. El Moral se encontraba al final de una carretera medio pavimentada y agrietada por el calor, a unos treinta minutos al norte de Piedras Negras, que a su vez se alzaba justo al otro lado del río desde Eagle Pass, Texas.

Siempre que podía escabullirse, a Cinco le gustaba caminar desde su pueblo la corta distancia hasta "El Punto de la Cabeza de Ardilla" en el borde del Río Bravo, o el Río Grande como lo llamaban desde el otro lado. Décadas antes de que Cinco viera la luz, este pedazo de tierra, que de otro modo sería árido, había sido bautizado por los revolucionarios con este nombre largo y descriptivo, por la obvia razón de que se parecía a la cabeza de una ardilla. Ahora los lugareños simplemente lo llamaban "El Punto".

El Punto se había formado a partir de los cambios abruptos en el caudal del río. Obstáculos como represas, sequías, inundaciones, construcciones y destrucción habían cambiado el flujo del río con el tiempo. Cuando Cinco comenzó a visitarlo, el río fluía en un circuito de casi 360 grados que rodeaba El Punto. El padre de Cinco se preguntaba en voz alta si en algún momento del pasado lejano, la pequeña franja de tierra había sido una isla en el río o si tal vez pronto lo sería. Además, las extrañas curvas y vueltas del río habían empujado a El Punto y, en consecuencia, a la frontera entre los dos países hacia el este, como si México hubiera hundido un dedo profundamente en el blando vientre de Texas.

Hoy, el calor brutal y aplastante de agosto no ofrecía escapatoria y azotaba como un maestro implacable a El Moral, El Punto y a Cinco. El aire permanecía inmóvil y en calma excepto por una ocasional ráfaga seca de viento que quemaba los ojos. No importaba, porque Cinco planeaba hacer su viaje casi diario a El Punto. Para ser un típico niño de siete años, ya se había convertido en un agudo observador de la vida, la naturaleza y el mundo que lo rodeaba.

Mientras caminaba el tramo de quince minutos desde su pueblo hasta El Punto, la arena caliente le quemaba los pies descalzos. Como en cada visita, Cinco hacía un juego de localizar y saltar al siguiente pequeño trozo de hierba secada al sol que, con suerte, todavía contenía un poco de verde. Estos parches les daban a sus pies un breve descanso del sendero árido y abrasador.

A Cinco le gustaba visitar El Punto porque el paisaje escaso le regalaba una vista clara y sin obstáculos en todas direcciones. Hacía varios años, miembros de su familia habían construido un robusto banco de troncos ahí. Cinco podía pararse en el banco y ver el río a su izquierda, a su derecha y directamente frente a él. Le daba una perspectiva extraña y la sensación de que estaba del otro lado.

Un poco más allá del río, podía ver las chozas que se extendían hacia el norte desde Eagle Pass y otras similares que salpicaban el panorama hacia el sur desde el pequeño pueblo de Quemado, Texas. Las chozas del otro lado no se veían tan diferentes a las suyas, y los niños que jugaban al fútbol a su alrededor no se veían tan diferentes a Cinco y a sus amigos. A veces los niños del otro lado se detenían y saludaban. Él siempre les devolvía el saludo con una amplia sonrisa.

Además de la similitud de las chozas, Cinco podía discernir una diferencia significativa. Del otro lado, camiones, furgonetas y automóviles circulaban continuamente de un lado a otro por el improvisado camino de tierra justo más allá de la orilla del río. De vez en cuando, se detenían y salían personajes de diferentes tamaños y formas, y con uniformes de diferentes colores. No podía oírlos, pero podía verlos estirarse y permanecer de pie en pequeños grupos, fumando y contemplando el río. Cinco suponía que eran una especie de policía.

Cinco también podía mirar al otro lado del río y ver las antiguas lápidas del cementerio del Valle. Hoy había visto a una anciana vestida de negro colocando flores brillantes debajo de una cruz de piedra en la cabecera de una de las tumbas. Se parecía a su abuela, que se vestía de la misma manera cuando visitaba la tumba de su abuelo. Cinco supuso que esta mujer estaba orando y cantando tal como lo haría su abuela cuando visitaba el cementerio cerca de la casa de su familia.

Al sur del cementerio se oía el relincho de los caballos del criadero. Observaba a los trabajadores y, al igual que los niños que jugaban al fútbol en el otro lado, a menudo lo saludaban con la mano. Se parecían a todos los demás que vivían en su pueblo. ¿Cómo llegaron al otro lado? Esto lo confundía.

Hoy había sido especialmente duro y quieto. Mientras miraba desde El Punto hacia el río fangoso y de color marrón oscuro, pudo ver lodo espeso y grandes terrones atrapados en las ramas que se extendían hacia el río. Podía oler el penetrante hedor a pescado muerto y el olor a moho que flotaba desde el río. Se había acostumbrado a ello. Algunos días el río fluía más rápido que otros dependiendo de las recientes lluvias. Cuanto más rápido fluía, más débil era el olor. Hoy no era uno de esos días, ya que el río fluía suavemente por los lados de El Punto. El olor espeso le quemaba las fosas nasales y le llenaba la cabeza.

Cinco no eligió nacer en ningún lugar, pero esta era su vida. Extrañaba a su hermano de 15 años, el mayor de sus hermanos, y a su primo de 16 años que habían cruzado el río unas semanas antes con dos amigos mayores. Pensaba en ellos todos los días cuando visitaba este lugar especial. Pensar en ellos dos, si estaban vivos y a salvo, le revolvía el estómago. Su madre le había dicho que era demasiado joven para ir. Sus otros hermanos y hermanas le habían dicho que cualquiera podía encontrar fácilmente un camino para cruzar, atravesar o pasar por encima del muro, las vallas de acero, los contenedores de envío y otros obstáculos, incluso las nuevas barreras inflables. Eso lo calmó un poco y por un tiempo, pero la preocupación siempre regresaba lentamente a sus pensamientos.

Estas grandes bolas rojas representaban la más nueva y extraña de todas las barreras. Durante las últimas semanas, Cinco había observado a las cuadrillas intentar armarlas y colocarlas en el río. A poca distancia río abajo, grandes grúas, pequeñas embarcaciones y todo tipo de maquinaria amarilla y ruidosa, junto con hordas de trabajadores, zumbaban alrededor de las bolas como mosquitos del río.

Ya había visto cuatro de esas grandes bolas soltarse casi tan pronto como fueron colocadas en el río. Se liberaban y flotaban río abajo como los pequeños flotadores de plástico rojo y blanco que su abuelo ataba al hilo de pescar sobre el anzuelo, para poder saber cuándo un pez mordía el anzuelo.

Cinco no entendía inglés, pero sí entendía la ira. Algunos trabajadores del otro lado se enojaban mucho cuando una de esas bolas se iba flotando. Los trabajadores con cascos de color rojo brillante gritaban, chillaban y pateaban el suelo con sus botas. Luego comenzaban de nuevo el proceso con más maquinaria, más trabajadores y más grandes bolas rojas.

Cinco se preguntaba si habían diseñado las barreras para mantener a la gente afuera o para mantener a la gente adentro. Sus padres hablaban sobre los peligros al otro lado. Había oído que, si eres un niño y vas a la escuela al otro lado del río, alguien podría intentar matarte. Quizás esos niños nacidos del otro lado, esos niños que veía jugando al fútbol, querían venir a su lado, pero la policía y las barreras no los dejaban. Quizás no podían escapar. No veía policías ni barreras ni nada parecido en su lado del río. Si esos niños pudieran cruzar a su lado, nadie los detendría y tal vez se sentirían más seguros. Cinco no creía que la gente intentara matar a niños que iban a la escuela o a la iglesia en su lado.

No podía entender por qué alguien querría ir a un país que no lo quería, especialmente una parte de ese país que hacía todo lo que estaba en su poder para mantenerlos fuera. ¿Qué podría ofrecerle un país como ese a un joven mexicano pobre? ¿Qué podrían hacer su hermano mayor y su primo al otro lado? ¿Cómo podrían sobrevivir? Su tía le había dicho que si te pillan te meten en una cárcel o te hacen vivir en una tienda de acampar. Pensó que hacía demasiado calor para vivir en una tienda de esas.

Sí, su madre le había dicho que era demasiado joven para ir, pero él no creía que quisiera ir. Estaba feliz donde estaba y sentía pena por los niños nacidos del otro lado. Justo cuando contemplaba todo esto en su mente de siete años, otra bola roja se soltó y rebotó río abajo. Más gritos y pisotones.

La sombra de la tarde crecía y su madre lo esperaba en casa para cenar. Saltó del banco de madera y contempló la extensión que lo rodeaba por última vez. Vio una bandada de patos salir del agua cerca de la orilla del otro lado, volar alrededor de las barreras y posarse en el río cerca de la orilla de su lado. Los trabajadores con sombreros de colores continuaban luchando con otra bola roja.

Hacia el oeste, el sol fresco pintaba un cielo terracota. Se encogió de hombros, dio media vuelta y se dirigió a casa. Una vez más, Cinco saltó de un parche de césped a otro, deteniéndose sólo el tiempo suficiente para remover un par de agujeros de garabatos con una ramita para ver si aparecía uno. En el siguiente parche, pasó unos minutos perdido en sus pensamientos. Soñaba despierto con conocer a Memo y jugar en la selección mexicana. Otra sonrisa y otro día. Volvería mañana para ver cómo el mundo seguía desarrollándose ante él y tal vez otra bola roja flotando río abajo.

El Pailón del Diablo, Baños de Agua Santa, Ecuador

LAS SIRENAS DEL DESIERTO

Técnicamente no era un desierto, sino un raro bosque tropical seco. Sin embargo, incluso los geólogos se referían a este bosque como un desierto, y a él le parecía que lo era. Lo había agregado a su lista de lugares de visita obligada mientras viajaba por Sudamérica.

Un par de días antes había realizado una corta caminata a través de "El Cuzco", la sección roja del desierto, con relativa facilidad. El administrador del hotel lo había llevado en moto, rápidamente y sin casco, hasta el punto de partida del sendero principal. Había comenzado a apreciar la vasta extensión de este desierto durante ese viaje de 30 minutos.

Las señales no marcaban claramente la ruta en el tramo rojo, pero la arena profunda mostraba las huellas de quienes habían caminado recientemente. Además, el recorrido serpenteante no era particularmente largo y podía ver el cuartel general desde casi cualquier vista.

El desierto rojo era sin duda uno de los lugares más pintorescos e inusuales que él jamás había atravesado. En su mayoría, patrones de rocas rojas con plantas suculentas dispersas bailaban a través del desierto. Los pesados sedimentos de hierro le daban el color rojizo que teñía la mayoría de las formaciones rocosas talladas y moldeadas anteriormente por los iones del flujo de agua.

La palabra "rojo" no había logrado representar adecuadamente los colores violentos visibles en todas direcciones durante su caminata de tres horas. Los colores habían cambiado a medida que él se movía y, a menudo, mientras permanecía quieto y simplemente absorbía la vista.

Las formaciones cambiaron de rojos ardientes y llameantes a un naranja vibrante, que en ciertas partes el sol había decolorado hasta convertirse en un amarillo pálido. El terreno ondulado parecía iridiscente dependiendo del ángulo de visión, cuándo, dónde y cómo se movía y la ubicación del sol y las nubes. Este desierto obviamente había vivido varios períodos geológicos, pero las rocas y el mineral parecían muy vivos a medida que avanzó y lo atravesó.

Tenía años de experiencia en caminatas, pero la edad había comenzado a apoderarse de él. Apartó eso de su mente y se preparó para el día. Hoy planeaba darle una oportunidad a "Los Hoyos", la sección gris del Tatacoa. Una caminata en circuito de aproximadamente cuatro horas atravesaba esta parte separada del desierto. El punto de partida del circuito comenzaba más lejos del pequeño pueblo, pero el administrador del hotel volvió a llevarlo en su moto.

Él tomó una fotografía del gastado mapa tallado en el letrero de madera al comienzo del sendero y revisó los bocadillos y las dos botellas de agua en su mochila. Antes de empezar, permaneció inmóvil unos instantes, recorriendo el inmenso panorama.

Los patrones y diseños aquí diferían significativamente de la sección roja. Mientras miraba hacia afuera, comenzó a asimilar y finalmente a comprender la amplia variedad de colores que, a primera vista, parecían simplemente grises.

En realidad, el color variaba desde un blanco brillante, pasando por todas las intensidades de gris y finalmente hasta el negro. Mientras miraba y enfocaba sus ojos lo mejor que podía, captó las líneas azuladas y moradas blanqueadas con colores más claros que se desdibujaban en una variación ahumada. Dependiendo de dónde enfocara, el tinte se transformaba en plata y plomo. Nunca había pensado en el gris como un color hermoso y cautivador; sin embargo, en este contexto, no era más que eso.

Toda el área lo envolvía a él en cielo, rocas, color y polvo. Sentía que podía estar en la Luna o en Marte, en cualquier lugar menos en la Tierra. En la brumosa distancia, podía distinguir mesetas rocosas que recordaban chimeneas metálicas que sobresalían hacia el cielo. Sintió algo místico y etéreo, algo irreal y de otro mundo, como si lo hubiera creado un maestro escultor.

Podía ver que el viento, la lluvia y el agua con el tiempo habían excavado y erosionado la topografía en barrancos, y quebradas laberínticas. Los abismos se disparaban de manera desigual en todas direcciones.

Se sentía entusiasmado y listo para comenzar esta nueva aventura. Al comienzo de su caminata, se encontró con un pastor que pastoreaba sus cabras por el camino principal de grava sin pavimentar y se alejaba del comienzo del sendero. El pastor lo miró duramente y luego siguió adelante sin decir palabra.

Huellas de botas y sandalias cubrían la entrada, que inmediatamente descendía a un profundo cañón. Tan profundo que, en unos pocos cientos de metros, sólo podía ver las paredes a cada lado del barranco. Ya no podía distinguir las zonas planas y cubiertas de hierba en las cimas de los salientes y acantilados. A medida que el paisaje se inclinaba hacia abajo y desaparecía en la distancia finalmente opaca, el mundo parecía estar cubierto de una gasa.

La ruta pronto tomó su primer giro importante a la izquierda en un rancho abandonado, tal como lo indicaba el cartel de madera. Debajo de la colina donde se encontraba la antigua casa, tuvo algunas dificultades para determinar exactamente qué camino seguir. Unos metros más adelante encontró la ruta más grande, ancha y con más huellas. La casa del rancho desapareció detrás de él cuando giró a la izquierda y siguió adelante.

Poco después de pasar la casa del rancho, el cañón se hizo más estrecho y él continuó descendiendo a medida que los acantilados a cada lado se hacían cada vez más altos. Los afloramientos increíblemente hermosos y exóticos lo atraían más y más profundamente, como las sirenas en el mar debían parecerles a los marineros en la mitología, cada una más atractiva que la anterior.

Mientras avanzaba, se encontró con varios pájaros que vocalizaban y una gran variedad de plantas espinosas. Aquí y allá veía una de las enormes iguanas negras cruzar su curso. Su tamaño y estela dispersaban a otros lagartos, una serpiente ocasional y otras alimañas. Ninguna de las serpientes parecía ser coral u otras serpientes venenosas que los "blogs" habían mencionado. Había leído en alguna parte que "Tatacoa" significaba serpiente de cascabel. En cualquier caso, se alejó de ellas.

Parches de diferentes géneros de cactus a menudo cubrían los bordes de la ruta principal y, en ocasiones, las entradas a los cañones laterales. Supuso que los grupos indicaban que estos senderos más pequeños no conducían a ninguna parte y debían evitarse. Reconoció la tuna como la especie predominante y algún que otro cactus elefante, pero las que no reconoció le fascinaron. Se detuvo para admirar e inspeccionar las extrañas formas y las flores de colores que brotaban de ellas.

El siguiente giro debería haber salido del cañón hacia la izquierda y subir una pendiente relativamente empinada. Más de una hora después de pasar por la casa del rancho y mientras continuaba maravillándose de los asombrosos promontorios y la flora, algunos pensamientos incómodos flotaron en su mente. En primer lugar, el sendero mostraba cada vez menos huellas de botas. En segundo lugar, se le ocurrió que no se había topado con ni una sola alma que estuviera persiguiendo al pastor. Lo que era aún más incómodo, pensó que ya debería haber llegado a un giro a la izquierda claramente marcado.

Decidió caminar otros quince minutos, en lo que ahora parecía ser el cauce de un antiguo río, para ver si daba con el empate que subía hacia la izquierda. Encontró varios senderos de cabras que iban en esa dirección. Los probó todos, sólo para descubrir que desaparecían rápidamente o que gruesos macizos de acacias de espinas afiladas le impedían continuar. Incluso cuando cada pequeña desviación moría, intentaba obtener una perspectiva de su ubicación. Trescientos giros de sesenta grados en el extremo de cada uno no ofrecían más que paisajes lunares más áridos.

Continuó con dificultad durante otros 15 minutos y no pudo descubrir ningún giro obvio hacia la izquierda. Ahora se sentía obligado a reflexionar más profundamente sobre la situación. Consideró sus opciones, de las cuales sólo pudo evocar un par. Podría continuar adelante durante otro segmento de cinco o diez minutos más, o podría dar media vuelta y regresar al inicio. Eran las 11:30 de la mañana y el sol estaba alto en el cielo. Hacía calor y se había terminado la mitad de su primera botella de agua.

Decepcionado, decidió que el movimiento más inteligente era darse la vuelta y regresar. Calculó que en aproximadamente dos horas llegaría a la carretera principal. Dio la vuelta.

Rápidamente descubrió que había cometido algunos errores de cálculo bastante graves durante su entrada. Hasta ese momento no había encontrado señales como flechas, punteros u otros marcadores de senderos. Como pensó que estaba haciendo un circuito, no prestó mucha atención a las plantas, rocas, matorrales u otras señales que pudieran ser útiles para guiarlo de regreso al camino.

Aun así, pensó que, si se quedaba pegado al lecho del río, no tendría ningún problema. Nuevamente incorrecto. Atraído por las sirenas mientras avanzaba hacia esta sección del desierto, no había notado los muchos cañones y barrancos más pequeños que se fusionaban con el lecho del río desde todas las direcciones. Para complicar aún más la situación, cada roca, árbol y canto rodado parecía inquietantemente diferente cuando se veía desde esta dirección inversa.

Cuando comenzó su camino de regreso, no reconoció nada, y muchos de los senderos arenosos que se fusionaban parecían tener tantas huellas como el lecho del río. ¿Cuál era la ruta principal? ¿Se había apartado de ella en algún momento, enamorado y fascinado por la belleza de todo ello y no se había dado cuenta?

Comenzó a sentir una inquietud mezclada con incertidumbre, especialmente porque los barrancos y grietas ahora parecían más o menos idénticos y su profundidad hacía difícil ver algo excepto el cielo azul brillante sobre las paredes casi verticales. Abrió su segunda botella de agua.

Tal vez debería probar algunos de los barrancos más pequeños a la izquierda y a la derecha, en caso de que proporcionaran otra salida o condujeran a una salida más clara a la carretera. Probó el primero, y pronto se convirtió en un barranco tan estrecho que no pudo pasar. Tuvo que darse la vuelta. Nuevamente, mientras volvía sobre lo que creía que eran sus pasos de unos minutos antes, encontró otras grietas y otros barrancos con hermosas formaciones rocosas, cada una de las cuales lo tentaba nuevamente como una posible salida. Al igual que las sirenas de la mitología, estas sirenas no le ayudaban. Sólo lo confundieron aún más.

Intentó otros pasajes, pero aún sin suerte. Mientras daba marcha atrás en cada intento fallido, las formas y los colores nuevamente parecían completamente diferentes desde este nuevo ángulo. El calor se intensificaba y el sudor le cubría el sombrero y la parte trasera de la camisa.

En algunas de las gargantas laterales, el color negruzco de las rocas parecía carbón que se desprendía como polvo en sus manos si las tocaba. Cuando las tocó, sintió una sensación de ardor inmediata. Las nubes no habían interrumpido el resplandor del sol durante toda la mañana y las primeras horas de la tarde. Los muros de piedra habían absorbido el intenso calor y como un conducto comenzaban a liberarlo, cocinando toda la zona, casi hasta un grado asfixiante en los tramos más estrechos.

Todavía no había pasado a la etapa de pánico, pero podía ver esa etapa acechando en su futuro si algo a su favor no se mostraba pronto. Casi las 2:30 de la tarde. Calculó que le quedaban al menos tres horas de luz solar, pero sólo alrededor de 3/4 de una botella de agua.

Finalmente, una nueva dirección presentó un rayo de esperanza. Él sonrió mientras avanzaba relativamente rápido por ella. Luego, vio los dos cactus candelabro gigantes parados en medio del cruce bloqueándolo como guardias pretorianos con espadas cruzadas negándose a dejarlo pasar.

En esta grieta más profunda y estrecha, podía tocar fácilmente ambos lados. Escuchó un sonido como un zumbido o murmullo proveniente de las paredes rocosas. Podía sentir la vibración. ¿Quizás más pájaros vocalizando? ¿Se estaban expandiendo y contrayendo las paredes a medida que liberaban calor, o las sirenas? Tal vez el calor le estaba afectando y estaba empezando a alucinar.

Ahora sentía que la inquietud iba en aumento. ¿Tendría que pasar la noche en este laberinto? Mientras investigaba el desierto, había leído sobre criaturas venenosas como las serpientes coralinas y las primas de las arañas viuda negra. Por supuesto, abundaban los escorpiones. Ya había visto a varios sorprendentemente grandes y descarados a plena luz del día correteando por los senderos y subiendo algunas de las paredes. Si pasaba la noche, ¿qué pasaría mañana?

Siguió adelante. Más intentos, más callejones sin salida y ninguna vista. En lugar de elevarse más para brindarle una mejor vista, la mayoría descendía y se estrechaba entre barreras verticalmente lisas.

Se encontró cara a cara con el hecho de que no tenía idea de dónde estaba. Aceptando la inutilidad de buscar en aquellos barrancos sin salida, se le ocurrió otra opción. Podría intentar salir escalando o al menos escalar hasta un punto donde pudiera tener cierta perspectiva; ver a alguien, alguna casa, o un camino, tal vez la antigua casa del rancho.

Las empinadas paredes que se alzaban a los lados de cada barranco no parecían brindar ninguna oportunidad real para salir o incluso afianzarse. Hizo varios intentos. Finalmente, encontró otro camino ganadero que le dio un ángulo visual un poco mejor. Luchó y ganó altura. Creyó ver una casa en la distancia antes de deslizarse hacia el fondo, pero no antes de que un cactus lo cortara y le atravesara los pantalones y la camisa.

Estaba cansado y el pánico se intensificó como el calor. Los pocos chorros de sangre de los rasguños no ayudaban. La belleza y el atractivo de las sirenas se habían desvanecido en el miedo. Ya no notaba ni apreciaba los diseños, patrones, formas, colores, plantas, pájaros, reptiles o cualquier otra cosa. Se enfocó intensamente buscando un escape. Intentó más fracturas y valles estrechos, sólo para ser derrotado y encontrarse más profundamente en la red.

Se recompuso lo suficiente como para seguir algunos de los giros y grietas, de modo que se abrió camino en lo que pensó que era una línea recta. Al hacerlo, sintió que podría haber encontrado el camino a un lugar muy cerca de la casa que había visto 30 minutos antes.

Sintió que podría estar cerca de una salida. Se estaba quedando sin agua y energía. Eran las cinco de la tarde y a veces el sol se escondía detrás de algunos de los afloramientos más grandes, de modo que le resultaba más difícil distinguir las formas.

Llegó a lo que parecía ofrecerle la mejor oportunidad para abrirse camino hasta la cima de una de las repisas y hacia la casa. Luchó, mano sobre mano y pie sobre pie, subiendo hacia lo que esperaba que fuera un terreno nivelado en la parte superior de la pared del cañón. Usó dos robustas ramas de árboles para subir los últimos tres pies. Desde ahí, miró fijamente hacia su izquierda en la luz cada vez más tenue. En un instante, se dio cuenta de que la "casa" se había transformado en nada más que una hermosa estructura de roca, sin duda creada por las sirenas, el calor y su ansiedad. Cuando el último rayo de esperanza se había desvanecido, perdió el control y casi cae de cabeza al barranco al otro lado de su pequeño trozo de tierra plana. Tristemente, observó cómo su botella de agua que contenía sus últimas preciosas gotas caía, rebotaba hacia adelante y hacia abajo por la cornisa frente a él, y se deslizaba nuevamente hacia el laberinto del que había salido.

Valladolid, Mexico

EL PROFESOR DAÑADO

Los jóvenes acostumbraban a pasar el tiempo cerca del monumento de la Guerra de Corea en Coggin Park. La acera inclinada y rota frente a él ofrecía algunas oportunidades decentes para andar en patineta. También podían esconderse detrás de él y usarlo como tapadera para fumarse un porro. Ninguno de ellos tenía idea de que en realidad era un monumento a los caídos o, en realidad, de que alguna vez hubo una Guerra de Corea.

Él siempre pasaba por Austin Avenue en su Schwinn Hornet roja y negra que mantenía en perfectas condiciones. Mantenía la cesta delantera de la bicicleta llena de libros y, todos los sábados, se dirigía directamente hacia el monumento. A menudo, se detenía y pontificaba ante los adolescentes sobre lo que estaba leyendo, sin importar si mostraban el más mínimo interés.

Los muchachos lo miraban boquiabiertos con torpe asombro. Él tenía un estilo de hablar afectado, arrastrado y monótono. Su ojo izquierdo miraba al frente, no necesariamente a los jóvenes, y nunca parecía parpadear.

Su rostro brillaba en un caleidoscopio de colores, principalmente un rosa pálido. Un inmaculado parche marrón cubría su ojo derecho. Una mancha marrón más oscura sobresalía desde debajo del parche en el ojo y se deslizaba ligeramente por su mejilla sonrosada derecha. Otra mancha de color similar se arrastraba desde arriba del parche hacia los pocos mechones de cabello blanco que volaban sin rumbo en todas direcciones. A los jóvenes les parecía demasiado joven para tener el pelo blanco y tener tan poco sin importar el color.

La piel rosada y la decoloración en el lado derecho de su rostro se tensaba tanto que lo había dejado con una sonrisa permanente, pero de aspecto doloroso. Los dos dedos que le faltaban en la mano derecha sellaban el trato para captar toda la atención de los jóvenes.

Sin importar la estación o la temperatura, él siempre vestía una camisa blanca de manga larga. Se levantaba el collar de tal manera que parecía el collar clerical de un sacerdote. No hace falta decir que los jóvenes pensaban que el tipo flotaba en algún lugar entre raro y divertido, pero sobre todo raro.

Cuando finalmente se alejaba pedaleando en la dirección opuesta de donde había venido, naturalmente como lo harían los adolescentes aburridos, comenzaban a hablar de él. Habían escuchado rumores sobre él de otros niños, vecinos y de sus propios familiares.

Supuestamente vivía solo en una choza en ruinas cerca de Woodland Heights o Indian Creek. Habían oído que mantenía todas las persianas cerradas y que nunca encendía ninguna luz en la casa.

"Mi hermana me dijo que secuestró a niñas y las mantuvo debajo de su casa, en algún lugar cerca del cementerio de Indian Creek". "Dijo que la policía lo atrapó, lo golpeó hasta convertirlo en pulpa y lo encarceló por un año". "Esa paliza lo dejó sin sentido". "Por eso actúa y habla tan raro".

"Bueno, ¿qué pasó con su cara?" "¿Y con esas cicatrices?" "¿Qué pasa con el cabello?" preguntó otro de los jóvenes con una risita.

"¡Nuestro vecino, Dwight, nos dijo que la madre de una de las niñas que intentó robar le arrojó agua hirviendo directamente en la cara!" "¡Dwight nos dijo que el padre de la niña lo persiguió y le cortó los dedos con un hacha!"

"Eso todavía no explica necesariamente su aspecto extraño y su forma de hablar". "Escuché que el padre de otra niña se acercó sigilosamente detrás de él y lo golpeó en la cabeza con una pala".

"Si me preguntas, parece una especie de predicador". "Mi papá me dijo que predicaba en una de esas iglesias donde todos hablan en idiomas que nadie entiende". "Sí, y también hacen bailes extraños con serpientes". La discusión terminó cuando uno de los jóvenes encendió un porro y otro se alejó en su patineta.

Después de graduarse de Texas Tech, él consiguió el trabajo de sus sueños: asistente de cátedra de literatura mundial en Tarleton State en Stephenville. Tenía que conducir más de una hora hacia y desde la escuela, pero no le importaba. Trabajaba duro y aprovechaba cada oportunidad de enseñanza que se le presentaba, incluso impartiendo clases nocturnas. Le encantaba ayudar a iluminar y enriquecer la vida de los estudiantes. Pensaba que cada pequeño conocimiento que les transmitiera les ayudaría en su viaje por la vida. Consideraba que esta era su misión en la vida.

Era frugal y ahorraba dinero en todo momento, hasta que finalmente ahorró lo suficiente para comprar una casa decente en las afueras de Brownwood. Los contratistas habían construido bien las casas y cada casa del vecindario se encontraba en un lote grande. Muchos de los lotes habían quedado vacíos. Su casa estaba lo suficientemente cerca de la casa de su único vecino como para que pudieran verse, pero no de tal manera que estuvieran uno frente al otro cada vez que uno de ellos iba y venía. Lo suficientemente cerca para charlar, pero sólo si uno quería.

Supuso que Sarah tenía 4 o 5 años y que vivía en la casa más cercana con una mujer joven, sin duda su madre. Sarah tenía una gran personalidad y los fines de semana solía venir a sentarse en su porche y visitarlo. Esa visita generalmente consistía en que ella hablara sobre lo que ella decidiera que debería ser el tema del día: muñecas, perros, conejos, zapatos o cualquier otra cosa que sacara de su diminuta cabeza. Ella no necesitaba que él respondiera, sólo sentarse, sonreír y escuchar.

Eso era exactamente lo que él hacía. Él empezó a esperar y disfrutar las visitas de la niña.

Frente a la casa de ella había un auto viejo y destartalado, pero nunca había visto a su vecina conducirlo. De hecho, nunca vio a nadie más en la casa, ciertamente a ningún marido ni a ningún hombre en absoluto. Él salía temprano al trabajo y llegaba tarde a casa. Tal vez su ausencia había hecho que se perdiera cualquier actividad en la casa que no fuera Sarah y su mamá.

Se preguntaba cómo se las había arreglado la madre de Sarah para haber colocado esos enormes bloques de granito que bordeaban su acera. Quizás un marido en algún momento o un padre o un hermano. Ciertamente no los había puesto allí ella sola. Parecían fuera de lugar, pero añadían un toque interesante a la casa, que de otro modo sería sencilla. A menudo veía a Sarah jugar encima de ellos.

Las pocas veces que vio a la vecina, ella siempre sonreía y saludaba, pero nunca habían hablado. Varios meses después de que él se mudara a su propia casa, ella dio unos pasos más allá de las rocas hacia su jardín. Para ese tiempo, Sarah pasaba a visitarlo al menos una vez cada fin de semana y parecía bastante cómoda y desinhibida con él.

La vecina finalmente habló. Él pensó que tal vez ella iba a preguntarle si cuidaría a Sarah mientras ella hacía algunos mandados y él habría estado más que feliz de ayudar. Cuando ella habló, lo hizo brevemente diciendo sólo que esperaba que Sarah no lo molestara con sus constantes visitas y su incesante charla. Él sonrió y sacudió la cabeza.

En su siguiente visita, él tenía algunas preguntas para Sarah. "¿Qué haces todo el día cuando no me visitas?" "Bueno, mi mamá trabaja para un médico en el centro y yo me quedo con mi tía Ida." "Mamá me lleva a la casa de ella temprano en la mañana y me recoge en el camino de regreso a nuestra casa. ¡A veces me trae helado o al menos algunas galletas!"

"Entonces, ¿cómo llegaron esas grandes rocas a tu jardín?" "El abuelo y sus trabajadores las pusieron allí cuando estaba vivo y vivía con nosotros. Me gusta jugar con ellas, pero mamá dice que algún día alguien saldrá lastimado". "Bueno, ten cuidado al saltar de ellas, ¿de acuerdo?"

Una fresca y fría tarde de invierno, había dado una clase muy tarde, lo que lo obligó a abandonar el campus mucho después del anochecer. Se sentía peor de lo habitual cuando finalmente llegó alrededor de las 10:00 pm. y se dejó caer directamente en la cama sin comer nada.

Lo despertó un grito agudo que lo sacó de la cama. El grito provenía de la casa de Sarah. Él salió volando a su porche y vio el fuego. Desde allí, pudo escuchar más claramente el llanto y los lamentos de la niña.

No lo pensó dos veces mientras se dirigía directamente hacia la casa, a través de la puerta principal y en dirección a los gritos de Sarah. A través del espeso humo, no podía verla, pero sí oírla. Casi cegado y asfixiado, logró encontrarla, tomarla en sus brazos y salir corriendo por la puerta principal. Corrió con ella lo más rápido que pudo, pasó las rocas, atravesó su jardín y la dejó en la cama de él. Estaba aterrorizada y temblaba, pero no parecía herida ni quemada. "¡Quédate aquí y no te muevas!"

Como el auto estaba estacionado enfrente, supo que tenía que regresar por su madre. No estaba seguro, pero por encima del fuego crepitante, pensó que podía oír sus gemidos provenientes de lo más profundo de la casa. Volvió a cruzar las losas gigantes y empezó a subir las escaleras que conducían al porche. Justo cuando llegaba al último escalón, escuchó, vio y sintió la explosión de los dos grandes tanques de propano almacenados debajo de la casa. La explosión lo cubrió de propano y fuego. Lo arrojó hacia atrás desde el porche y lo envió agitándose por el aire fuera de control. Su cabeza se estrelló con toda su fuerza contra una de las rocas de granito, dejándolo inconsciente y partiéndole la cabeza por el centro como una sandía rota.

San Carlos de Bariloche, Argentina

DE LA NADA

Para ella, se había convertido en un ritual, pero un ritual de bienvenida. Su balcón daba al oeste, mirando hacia la plantación de café circundante hacia las colinas onduladas en la fila opuesta. Nada obstruía su vista de muchas puestas de sol electrizantes. Podía tomar un café, un trago de ron o tequila mientras disfrutaba de la belleza. Cada atardecer desde el balcón era diferente del anterior, especialmente durante las pocas semanas en que las estaciones cambiaban de lluviosas a secas y viceversa. Dependiendo de las nubes, el cielo del final de la tarde comenzaba a parpadear en un azul real, y durante la siguiente hora pasaba a través de la mayoría de los colores del arco iris, aunque no necesariamente en el orden que los había aprendido en la escuela primaria. Llegó a apreciar el frágil momento entre los cambios de color, ya que, en un instante, el azul podría desvanecerse a magenta y luego, de repente, transformarse en coral o rojo oxidado. Si te lo perdías, tendrías que esperar hasta el día siguiente para tu próxima oportunidad, pero los colores serían diferentes. Nunca verías la misma puesta de sol dos veces.

A medida que la luz se desvanecía, realizó varios ejercicios para estirar los brazos, las piernas, la espalda y el cuello. Eso también se había convertido en parte de su ritual. Le encantaba hacer ejercicio mientras respiraba aire limpio.

Por supuesto, Gilligan siempre la acompañaba durante estos rituales. Gilligan era un gato de color atigrado, probablemente una mezcla de muchas razas, que había decidido quedarse y formar parte de su familia. Era del color naranja más brillante con una divertida mancha blanca en su mejilla izquierda y otra en el centro de su garganta.

Durante una tormenta temprana, pero feroz, en mayo, repleta de relámpagos y truenos ensordecedores, Gilligan se había metido en una vieja caja de madera que guardaba en su porche. La usaba principalmente para plantar, pero Gilligan encontró algo de seguridad y comodidad en ella.

Cuando cesó la tormenta, ella escuchó lo que sonó como un gruñido áspero en su puerta. Miró hacia abajo y vio a este gato pequeño, huesudo y empapado. Lo secó con una toalla, incluso usando su secador de pelo. Cuanto más lo secaba ella, más ronroneaba él. Cuando terminó, descubrió que Gilligan no era tan pequeño. De hecho, podía ser que tuviera un poco de sobrepeso. Preguntó por ahí, pero nadie admitió que sabía algo sobre él o que lo había visto alguna vez. El gato estaba feliz ahora y no tenía intenciones de irse.

Lo llamó Gilligan sin una buena razón. Ella nunca había visto un solo episodio de La isla de Gilligan, pero pensaba que le quedaba bien y él parecía sentirse bien al respecto.

A Gilligan le gustaba hacer tres cosas. Por un lado, le gustaba "hablar" en voz muy alta. Si tuviera que darle una característica humana, diría que sonaba de mal humor, pero en realidad no actuaba de esa manera. Simplemente le gustaba hablar. Por otro lado, a Gilligan le gustaba comer. Ella mantenía un buen régimen para él para que se estuviera sano, pero no demasiado gordito. La tercera actividad favorita de Gilligan implicaba obstaculizar cualquier cosa que ella alguna vez intentara hacer: trabajar en su computadora, leer un libro, mirar esas puestas de sol, etc. De hecho, Gilligan había adoptado la segunda silla en la terraza como su propia silla y parecía saber el momento perfecto para gatear, ponerse cómodo y ver la puesta de sol bajo la fila.

Para el acto final del ritual, ella se ponía los auriculares para escuchar algo de música. Aunque había vivido más de 50 años, todavía apreciaba todo tipo de música, nueva y antigua. ¿En qué tipo de música debería sumergirse esta noche? Continuó trabajando en su español y escuchar música con letras en español le ayudaba. Por supuesto,

Gilligan no la dejaría escuchar música sin dejarse caer en su regazo y ronronear ruidosamente, casi como si estuviera cantando.

Esta noche ella eligió un mix de Spotify en español que había creado y que incluía canciones de Chambao, Jarabe de Palo, Ocote Soul Sounds y, aunque eran de Estados Unidos, uno de sus favoritos, Los Lobos. Podía escuchar música durante horas sin tomar un descanso. La música había sido una parte importante de su vida desde que tenía uso de razón y la había ayudado a superar muchos momentos difíciles.

Sucedió en algún momento en medio de "La Pistola y El Corazón". Ella había experimentado los temblores antes. Retumbaban durante unos segundos, tal vez incluso un minuto completo. Dependiendo de qué tan cerca y con qué fuerza, harían vibrar las ventanas hasta cierto punto, y ella podía ver el tequila girando en la botella. El movimiento invariablemente la dejaba con una sensación de náusea, pero ni un solo vaso o plato se había roto durante los tres años que había vivido en el apartamento. Estos terremotos NO se habían convertido en parte de su ritual, pero sí definitivamente en parte de su vida en Centroamérica. Había pasado muchos años en el sur de California y había encontrado varios grandes allí, pero este...

Éste era diferente y ella lo supo de inmediato. Comenzó con un fuerte crujido y al mismo tiempo un estallido como el de un cañón que estallaba dentro de su apartamento. Entonces comenzó el temblor. Gilligan gruñó y entró en pánico. Los cuadros se cayeron de la pared y las puertas de los gabinetes se abrieron. Platos y cristales cayeron al suelo. Ella intentó agarrarse al marco de la puerta del dormitorio, pero se deslizó sobre las baldosas como si patinara sobre hielo. Se sentía como si la tierra se hubiera convertido en una tabla de surf gigante y ella estuviera surfeando las olas con ella.

Se calmó por un instante, pero casi inmediatamente comenzó de nuevo y esta vez fue peor. Vio cómo las ventanas de cristal se resquebrajaban y se hacían añicos. Durante el cabeceo y balanceo, escuchó un profundo gemido, como si la estructura metálica del apartamento se convulsionara en una especie de tormento incomprensible. El cemento y la madera parecieron estremecerse y llorar.

Escuchó varias explosiones más fuertes y cercanas y en un instante la oscuridad la consumió. Luego el movimiento una vez más, y otra vez, pero diferente; una sensación incontrolable de ida y vuelta, como si estuviera en un columpio gigante, a un grado tan violento que sintió que el suelo se caía debajo de ella. Segundos después, sintió el dolor.

No podía decir en qué dirección había caído y qué había caído encima de ella. Al principio, sobrevino una calma inquietante y serena, seguida de aún más movimiento, más ruido y más dolor, un dolor intenso e insoportable.

No podía ver y no podía moverse excepto los dedos de su mano izquierda. Podía moverlos ligeramente, lo suficiente como para sentir algún objeto grande e inamovible sobre sus piernas. Se sentía frío, como una losa de hormigón o tal vez una viga de metal. Con sólo tres dedos, no podía discernir exactamente el tamaño, el peso o el material. Sólo sabía que la había inmovilizado.

Su cara se había golpeado con fuerza contra algo. Aturdida pero consciente, intentó girar la cabeza, sin éxito. El lado derecho de su cara se había hundido en lo que parecía tierra húmeda y recién suelta. Ahora tenía ambas piernas entumecidas. No podía hacer que se movieran. ¿Dónde estaba ella? No podía decir si estaba dentro o fuera, sobre el suelo o debajo.

Entonces el miedo comenzó a invadirla, tal como lo habían hecho las olas de movimiento minutos antes. En el pasado, sólo pensar en espacios reducidos y estrechos o conducir por un túnel podía hacerla estremecerse con una ansiedad incontrolable. Ahora se encontraba con la posibilidad de la vida real de estar atrapada quién sabe dónde y quién sabe qué. Si sus músculos tuvieran espacio para sacudirse y estremecerse en este entorno, sin duda lo habrían hecho.

Cuando era pequeña, su hermano había arrastrado un gran colchón sobre ella mientras dormía. Luego rápidamente se le había tumbado encima. Ella no podía respirar y sentía que se asfixiaba. Durante varios minutos después de que su madre acudiera al rescate, ella había quedado inconsolable.

Fue entonces cuando experimentó su primera sensación de absoluto terror. Ese fue el comienzo de su claustrofobia, pero ciertamente no era el final. En cualquier momento de su vida, en su mente, y no por voluntad propia, podía evocar una escena en la que se sentía enterrada viva en una caja estrecha, sin aire y sin poder respirar.

En ese momento, atrapada bajo esta losa indefinible, esa visión y esa sensación volvieron a invadirla. El miedo a la asfixia era tan intenso que se desmayó. Durante un segundo, minutos o una hora, no tenía idea. Cuando recuperó la conciencia, nada había cambiado. Todavía, ni el más mínimo indicio de luz.

Podía oler el humo y escuchar el crepitar de la electricidad que elevaba su ansiedad a un nivel que nunca antes había alcanzado, incluso en sus peores momentos claustrofóbicos. Podía saborear el aire, sucio y metálico, y podía saborear la sangre y la suciedad. Intentó forzar que entrara más aire en sus pulmones, pero sólo inhaló polvo. El polvo la hacía toser y le dolía la tos y le hacía casi imposible respirar. Luego el ciclo comenzaba de nuevo, intentando forzar más aire a sus pulmones, más tos, más asfixia.

Luchó por conseguir cierto nivel de control, pero fracasó. Deseó volver a desmayarse. El terror la abrumó. Intentó tararear y cantar, no en voz muy alta, porque temía que si abría demasiado la boca se le llenaría de tierra y se asfixiaría. Entonces, ella solo pensó en la música y las letras.

Intentó concentrarse en ellas y no en su insoportable situación, pero no podía concentrarse en nada más que luchar por recuperar el siguiente aliento. Lamentablemente, no pudo encontrar manera de distraerse del momento.

Escuchó algunos sonidos, pero eran apagados y distantes. Le pareció oír motores y máquinas, y definitivamente escuchó sirenas y voces, débiles, por un lado, pero gritando por el otro.

¿Alguien la llamó por su nombre? ¿Qué había pasado y qué tan malo era? ¿Estaban todos en la zona en la misma situación? Una sensación de fatalidad la envolvió como una manta fría y hostil.

Se durmió o se desmayó nuevamente. De nuevo, el pensamiento recurrente sobre el tiempo. ¿Cuánto tiempo había estado aquí? ¿Una hora, un día? El dolor en su espalda y sus piernas había aumentado. Una vez más, intentó pensar en algo que la sacara del momento, pero nada funcionó, nada podía sacarla de este horrible escenario por más de un segundo.

Sus pensamientos:

"Debería haber llamado a mi madre esta semana". "No puedo respirar".

"Me pregunto si mi antiguo vecino estaba en casa cuando pasó esto". "Necesito salir de aquí".

"¿Qué pasa con el auto?" "Me estoy sofocando".

Agua brotaba de sus ojos. Se estaba volviendo demasiado débil para respirar, incluso demasiado débil para entrar en pánico.

De alguna manera, encontró suficiente claridad para centrarse en un par de pensamientos inquietantes. ¿Qué pasaría con Gilligan? ¿Dónde estaba él? ¿Lo habría logrado?

El otro pensamiento era igualmente inquietante. Se dio cuenta de que no se había tomado el tiempo para hacerse amiga de ninguno de sus vecinos, y tal vez nadie se daría cuenta o ni siquiera le importaría si ella había desaparecido. Sonreía y decía "Hola" o "Buenos días" a la anciana que paseaba al chihuahua ladrando y mordisqueando la mayoría de los días, pero no sabía su nombre ni nada sobre ella. Saludaba con la cabeza a la pareja que salía a caminar temprano en la mañana. Ellos asentían en respuesta, pero no intercambiaban una palabra. Curiosamente, el único vecino que conocía era Andrés, el siempre feliz joven con síndrome de Down. Andrés caminaba por las calles montañosas del barrio dos veces por semana con su madre y su tía. No sabía sus nombres, pero conocía a Andrés y él la conocía a ella. Él comenzaba a saludar y sonreír aún más cuando la reconocía. Incluso charlaban un poco cuando pasaban. A ella le encantaba verlo.

Aceptó el hecho de que se preocupaba y le importaban más los animales que las personas. Cuando pasaba junto a alguien que paseaba a un perro, miraba y hablaba con el perro y no con el dueño. Unos minutos más tarde, no recordaba ni una sola característica del dueño, pero sí recordaba todo sobre el perro. ¿Qué decía eso sobre ella?

Entonces escuchó los sonidos. Varias personas hablaban en español. Escuchó algún movimiento, pero no pudo decir qué. No podía gritar, tanto por falta de energía como por miedo a que nadie la oyera.

Las voces parecían acercarse un poco más. Pudo distinguir un par de frases en español. "¡La muchacha que vive aquí!" "¡Nadie la ha visto!" "Ella podría estar atrapada aquí abajo, pero espero que esté viva". Entonces los sonidos cesaron. Su esperanza y su vida se estaban desvaneciendo. Justo cuando estaba a punto de cerrar los ojos por lo que pensó que podría ser la última vez, los vio. Pequeños destellos y finos rayos de luz blanca se abrían paso a través de la noche más negra. Todos los pequeños rayos convergieron en su rostro simultáneamente, cegándola, pero en el buen sentido. Si hubiera podido sonreír, lo habría hecho. De repente, las voces estallaron de emoción.

Su padre la había llevado a ver a Madonna en el Centro Frank Erwin de Austin en 1985. Era una niña y fue mágico. ¡Madonna! No podía creer que iba a verla.

De repente, el Centro Erwin quedó completamente a oscuras. No había luces ni sonido desde el escenario. Luego los focos del techo se encendieron uno a la vez, cada uno como un rayo caído del cielo: bam, bam, bam, cinco de ellos, iluminando a Madonna como una vela brillante. No podía moverse como Madonna. De hecho, en ese momento no podía moverse en absoluto, pero cuando los rayos de la linterna la alcanzaron, se sintió como ella.

Entonces escuchó y sintió algo que la llenó de alegría. Escuchó el gruñido de Gilligan y sintió su lengua seca y áspera lamiendo el costado de su cara.

Close to Quilotoa Lake, Ecuador

BONITA Y DURA

Deseo haber conocido a su madre. Me habría gustado conocer a la mujer que tuvo el valor de llamar a su hija Mary Grace. Me preguntaba cómo se sentiría su madre al respecto mientras observaba a su hija a través de los años. ¿Se habría arrepentido o habría pensado que coincidía con su personalidad? En algún momento, probablemente ambas cosas le pasaron por la cabeza.

Quizás su madre tenía el mismo carácter explosivo. Quizás habría ahuyentado a su padre con ese gatillo. Mary Grace apenas lo conoció.

Mary Grace tenía ojos penetrantes y enojados. Si te miraba fijamente, lo que a menudo lo hacía conmigo, podían pasar del azul cobalto al negro en una fracción de segundo. Cuando digo ojos penetrantes, me refiero al tipo de ojos que, cuando ella sostiene tu mirada, te atraviesan como un cuchillo de carnicero.

Era baja, pero con una actitud alta. Su oído era como el de un murciélago. Era mejor no murmurar ni susurrar nada en voz baja que esperabas que ella no escuchara. Ella lo haría.

A veces podía parecer casi perfecta, casi irreal. Su cabello color ámbar parecía como si un artista lo hubiera esculpido en ondas impecables que se rizaban silenciosa y suavemente debajo de su barbilla. El viento desafiaba ese cabello peinado. MG, como yo la llamaba a veces en los días buenos, libraba una batalla constante para mantenerlo en su lugar. A veces ella ganaba, otras veces perdía. A ella no le gustaba perder en nada.

Llevaba demasiado maquillaje. Nunca me atrevería a decirle eso. No lo necesitaba, pero se lo ponía como un trabajador que coloca yeso.

No servía de nada intentar apresurarla en el proceso. Terminaría cuando terminara, ni un instante antes.

Ni siquiera puedo recordar cuándo ni dónde la conocí. Por supuesto, yo tampoco le diría eso nunca. Quizás intenté olvidarlo. Había corrido tanta agua bajo el puente que se había llevado algunos de los recuerdos, sobre todo los agradables y felices.

La mayoría de la gente diría que MG era una chica bonita y dura. Debo decir que fue bastante dura conmigo. De hecho, absolutamente implacable si el estado de ánimo la golpeaba de la manera correcta o incorrecta.

Llamarla relación volátil y tempestuosa sería quedarse corto. Más bien una relación impredecible y explosiva, en la que alguien, generalmente yo, podría salir herido.

Había leído en una revista Photoplay que encontré en la sala de espera del consultorio del dentista, que Elizabeth Taylor y Richard Burton tenían una de esas relaciones. Logré ver esa volatilidad en una de sus películas llamada *¿Quién teme a Virginia Woolf?* Sí, pensaba que nuestra relación era así, excepto que Mary Grace interpretaba ambos papeles. Yo era sólo un extra.

Por lo general, las batallas unilaterales comenzaban de la misma manera. Yo decía algo que no debería haber dicho o me olvidaba de hacer algo que debería haber hecho. El factor instigador era rápidamente olvidado y en realidad no importaba tan pronto como comenzaba el ataque. Era como si se disparara un enorme disyuntor. Si se disparaba, podía resultar difícil arreglarlo nuevamente. Tendría que aguantar hasta que el mar se calmara. No se podía predecir cuándo sucedería eso, excepto que nunca eran minutos y más a menudo días.

Después de un tiempo, me di cuenta de que a ella le gustaba verme luchar y retorcerme. Encontraba un botón y lo presionaba. Cuanto más intentaba explicar algo que a menudo era inexplicable, o que simplemente nunca había sucedido, ella presionaba más. En una de mis clases menos aburridas en la escuela secundaria aprendí algo en el sentido de que es difícil demostrar algo negativo. Eso a menudo se desarrollaba en la vida real y en tiempo real en esta relación. Me sentía como un insecto atrapado en una telaraña cuando luchaba por explicar algo que normalmente no debería necesitar explicación. Cuanto más hablaba, más me enredaba en la red.

Intenté varios enfoques para evitar o al menos mejorar el ataque, pero nunca encontraba una buena estrategia de salida. Por lo general, intentaba quedarme de pie o sentado en silencio, pero ella seguía insistiendo hasta que lograba sacarme una respuesta. La respuesta en general no era satisfactoria para ella, así que, como esa araña que caza a su presa, continuaba dando vueltas hasta que se abalanzaba para matar.

Lo peor que podía hacer era reírme de lo absurdo de esto, pero a veces yo tenía una de esas risas de la iglesia que tienen los niños. Reírse incontrolablemente en una situación en la que definitivamente NO deberías hacerlo. Eso sólo aumentaba la severidad del castigo. Para mí, la respuesta más divertida que alguna vez di fue: "¡¿Qué hice ?!" A veces ella me daba una respuesta evasiva, otras veces simplemente sonreía con aire satisfecho, se echaba hacia atrás ese cabello perfecto y me lo presentaba con detalles gráficos.

Como en realidad no eran discusiones, yo nunca podía ganar una. Ella era la fiscal, la jueza y el jurado. Ella decidiría la sentencia y aplicaría las medidas disciplinarias. A veces ella me concedía un breve respiro, pero luego el patrón comenzaba de nuevo. Siempre empezaba de nuevo.

Después de un par de años, podía ver venir uno de esos argumentos, pero, aun así, no podía detenerlo. Lo único que podía hacer era balancearme como un boxeador de peso gallo o salir del ring. Hice esto último varias veces, pero siempre volvía. Cuando lo hacía, y a menos que ella hubiera decidido que ya era suficiente, la guerra, su guerra, continuaba.

Al comienzo de una de sus emboscadas, se alzaba como una tempestad dispuesta a desatar su furia. Cuando se soltaba, un tornado formidable e inquebrantable venía directamente hacia mí devastando todo a su paso. Ella era muy buena siendo muy mala.

Yo quería salir corriendo y terminar con esto mil veces, pero sentía esa extraña atracción hacia ella que no podía deshacer. Solía podía referirme a ello como su encanto desarmante. Fuera lo que fuera, era como la resaca del océano de la que, por mucho que lo intentara o por mucho tiempo que nadara, no podía liberarme. Siempre volvía. Al menos siempre volvía, hasta ese momento.

Después de disfrutar de una cena tranquila en el restaurante Chez Zee, decidimos tomar una copa. Sin previo aviso, me preguntó si recordaba adónde habíamos ido en nuestra primera cita del Día de San Valentín. Tartamudeé, estoy seguro, durante no más de unos segundos. Eso fue demasiado tiempo y le dio el poder que necesitaba para abrir las compuertas y los demonios salieron. Todos ellos.

Esta vez parecía más cruel que nunca, como si hubiera almacenado en su bóveda mental algunos tremendos crímenes de relación que yo había cometido durante el tiempo que estábamos juntos. Decidió dejarlos volar, en el restaurante, en el estacionamiento y luego en el auto camino a su casa. El ataque violento me golpeó fuerte como un puñetazo en el plexo solar.

Esta vez, como ocurría la mayor parte del tiempo, no tuvo sentido soltar una respuesta. El interruptor se había accionado de nuevo, con mucha fuerza. No podía arreglarlo y estaba cansado de intentarlo. Finalmente tuve suficiente. ¿Por qué esta vez? No sé. A veces, no sabes que el final se acerca hasta que finalmente lo alcanzas. Esta vez sentí que podía atravesar la ventana, derribar la puerta y largarme.

La dejé sin decir palabra. Conduje mi viejo Valiant blanco1962 tan rápido como pude. No quería mirar atrás. Quería encontrar un lugar para esconderme y recuperarme. Lo intenté.

Durante los primeros meses, me sentí feliz de haberme liberado de su control, de su tentador pero peligroso hechizo. Si le daba demasiado espacio, comenzaba a sentir la atracción magnética, pero encontraba la fuerza, una y otra vez, mes tras mes y año tras año, para luchar contra esa atracción.

Los años pasaron volando como un caballo de carreras en su sprint final. En ese momento, debería haberme sentido completamente aliviado, pero a veces el arrepentimiento se imponía. El tiempo me había ablandado un poco, pero los recuerdos seguían nítidos, los buenos y los malos. Todavía había más malos que buenos.

Después de más de una década, escuché de amigos que ella había entrado hábilmente, pero con cautela, a los 50 años. Al parecer, el tiempo no había disminuido su empuje ni su apariencia. También escuché que finalmente había encontrado a alguien que podía soportar la presión; que en realidad se había casado con un terapeuta. Ah, tal vez ese fuera el truco.

Sinceramente, me sentí feliz por ella, porque cuando estábamos juntos e incluso después de que me fui, no podía imaginar que ella pudiera sentir ni la más mínima alegría. Ella era simplemente demasiado dura, una chica bonita y dura. Sin duda había sido más que un gusto adquirido, pero nunca encontré una manera de reemplazar el fuego de Mary G.

El Volcán Chimborazo, Ecuador

AFORTUNADO

Tracy lo despertó con un codazo como lo había hecho casi todas las mañanas durante sus cinco años de relación. Después de ese primer empujón, ella saltaba de la cama y se metía en la ducha mientras él dormitaba dentro y fuera del sueño. Lo primero que vería era su cabello negro carbón aún húmedo cayendo sobre sus ojos mientras le daba un beso de buenos días. Siempre podía oler su suave y familiar aroma a lirio de agua recién salida de la ducha. Le encantaban las mañanas con ella y eso le hacía sonreír.

"Cariño, me llevaré el Beamer", la escuchó decir Wilder mientras salía por la puerta. Recientemente habían comprado el BMW azul metálico. Wilder pensaba que era de él, pero a ella le encantaba conducirlo. A él no le importaba.

Desde que se había jubilado y se había mudado a Lake Travis, cerca de Austin, Wilder se movía mucho más lento temprano en el día, a veces durante todo el día. No había necesidad de apresurarse, no había necesidad de saltar de la cama, responder correos electrónicos y mensajes de texto, subirse al auto y acelerar a Austin o a cualquier lugar. Ese pensamiento lo hacía sonreír de nuevo.

Sabía que tenía suerte. La suerte lo había seguido de muchas maneras y desde que tenía uso de razón. Finalmente, se levantó de la cama, tomó su taza de café favorita y bebió una porción de su café colombiano. Luego, se puso el traje de baño, deambuló despacio hacia las sillas de la piscina y contempló el lago y las hermosas colinas bañadas por el sol al otro lado.

Mientras él se movía lentamente, Tracy era una bola de fuego por la mañana. Probablemente se había ido a jugar tenis o a encontrarse con una amiga para tomar un café temprano. Tenía una vida social plena y feliz, y eso a él le encantaba.

Como la mayoría de los días, Wilder tenía mucho tiempo para tomar el sol, disfrutar la vista, y pensar en su vida. Su peludo y leal amigo, Stubby, oficialmente Sir Stubblefield, un cariñoso Boston Terrier, se subía a la silla a su lado, listo para rascarse seriamente y unirse a la conversación o al silencio. A Stubby no le importaba mucho excepto la rascada.

Sí, Wilder había tenido suerte y lo sabía. La suerte lo rodeaba como los exploradores rodean una fogata. A veces su suerte era imposible de sacudir o evitar; solo sucedía.

Wilder nació en Marble Falls, Texas, en 1951, de padres felices, pero de clase media. La familia se mudó a Abilene unos años más tarde. Odiaba dejar a sus amigos del vecindario, pero su padre había encontrado un trabajo mejor remunerado. Wilder y su hermano Jake tendrían la oportunidad de asistir a una mejor escuela secundaria.

En la escuela secundaria Abilene Cooper, Wilder conoció a su mejor amigo, Davis Chamberlain. Ambos eran populares y jugaban al fútbol de primera línea. Desafortunadamente, Wilder se rompió la pierna en su segundo año. No pudo jugar su último año y eso acabó con cualquier esperanza de jugar fútbol universitario. Davis se destacó en el juego, fue reclutado por la Universidad de Oklahoma y tuvo una carrera universitaria bastante decente pero su mala actitud lo había mantenido fuera de los profesionales.

Wilder y Davis se mantuvieron unidos a lo largo de los años, aunque tomaron direcciones diferentes. Mientras Davis asistía a la universidad de Oklahoma, Wilder optó por un clima más cálido en la Universidad de Arizona en Tucson. Rápidamente aprendió a obtener buenas calificaciones en los exámenes sin pasar demasiado tiempo ni esfuerzo, por lo que tenía mucho tiempo libre para explorar la vida y la aventura durante sus años universitarios. En general, había logrado no meterse en problemas excepto por una vez. Durante su primer año, el supervisor lo había sorprendido saliendo de su dormitorio después del toque de queda. Wilder tuvo que trabajar un poco más trapeando y limpiando los dormitorios durante una semana, pero eso no lo detuvo mucho.

Wilder y Davis eran "excursionistas duros". Se reunían al menos una vez cada semestre para realizar caminatas serias, generalmente en algún lugar del oeste de Texas, tal vez Big Bend o el Parque Nacional de las montañas Guadalupe. La lesión en la pierna de Wilder lo molestaba por momentos, pero nunca le impidió caminar hasta el Bowl en las montañas Guadalupe. Una vez se encontraron en la cresta del Gran Cañón. Comenzaron a caminar hasta el río Colorado antes del amanecer y pasaron la noche en Phantom Ranch. A la mañana siguiente, después de un gran desayuno, emprendieron el ascenso. Vistas increíbles, pero difíciles. A menudo pensaba en ello, sacudía la cabeza y reía. Wilder pensaba que Davis tendría que haberlo cargado sobre sus hombros durante la última media milla.

Davis se ofreció como voluntario para ir a Vietnam, pero nuevamente Wilder tuvo suerte. Tenía un número alto en la lotería, por lo que nunca tocó un rifle ni temió por su vida en las junglas infestadas de serpientes del sudeste asiático. Esa experiencia había cambiado la perspectiva de Davis sobre el mundo, pero se mantenían unidos. Simplemente no hablaban de Vietnam.

Después de graduarse en Arizona con buenas notas y su especialización en finanzas, Wilder se dirigió directamente al soleado sur de California. En un momento perfecto, se involucró de lleno en el negocio inmobiliario trabajando para una firma de alto nivel en Newport Beach. De nuevo tuvo suerte. Tuvo éxito y lo hizo rápido.

A Wilder le encantaba la playa y la California de principios de los 70, la música y las drogas, pero también sabía cuándo retirarse. Hizo exactamente eso, se jubiló a una edad temprana y construyó una casa ridículamente opulenta en las colinas que dominaban el lago Travis, al oeste de Austin.

La música había sido una gran parte de la vida de Wilder y Austin era un gran lugar para ello: Armadillo, One Knite, Soap Creek Saloon, bebiendo Shiner Bock, Lone Star o Pearl y escuchando Doug Sahm o ZZ Top.

Había sobrevivido a un matrimonio trágico siendo muy joven, pero incluso en ese matrimonio Wilder había tenido suerte. El matrimonio había producido dos hermosos hijos que a su vez produjeron cuatro maravillosos nietos. Aunque Adi y su familia vivían en Wyoming y Twister y la suya vivían en Maine, los veía a menudo. Por supuesto, la casa de Lake Travis podía acomodarlos a todos fácilmente. No recordaba de dónde había sacado Twister ese apodo, pero parecía que siempre había sido Twister.

También había vivido un segundo matrimonio fallido. Aquel terminó rápidamente y sin demasiados daños. Por suerte, rápidamente ella se había desvanecido en la puesta del sol y Wilder nunca volvió a saber de ella.

Más adelante en su vida, volvió a tener una racha de suerte cuando conoció a Tracy. Ella era varios años más joven y lo parecía. Se conocieron mientras trepaban por las rocas gigantes de Hamilton Pool y rápidamente se hicieron amigos. La amistad pronto se convirtió en un amor, y Tracy finalmente se mudó a la casa grande, como todos la llamaban, pero no sin antes establecer algunas reglas básicas definitivas. Ambos tenían sus propias vidas e intereses, pero viajaban juntos y con frecuencia. Tracy trabajaba como técnica dental, pero tenía algo de dinero familiar, por lo que trabajaba principalmente por contrato, cuando y donde quería. Eso les dio a Tracy y Wilder la oportunidad de viajar con más frecuencia y según su propio horario. Encajaron bien e hicieron buenos amigos. Hacían grandes fiestas en la casa grande. Tracy organizaba y coordinaba todo. Wilder principalmente miraba, se reía, charlaba con los invitados y disfrutaba todo. Ella tenía una risa rápida, crepitante y contagiosa que a menudo marcaba cualquier conversación. Wilder podía oírla procedente de todas partes y de todas las direcciones de la casa grande. Podía seguir sus movimientos como si esa risa fuera su propio rayo de seguimiento.

Con el paso de los años, a veces Wilder se aburría un poco, no de Tracy sino de la vida en general o de la falta de aventuras. En ocasiones, buscaba un nuevo pasatiempo o interés. Incluso había barajado la idea de entrar en política. Rápidamente lo había dejado a un lado. No tenía estómago para ello y no quería que la gente indagara tan profundamente en su pasado. Además, los republicanos acérrimos controlaban Texas. Probablemente no iba a tener mucho atractivo para los votantes de base del estado. Pasar el rato junto a la piscina con amigos y familiares era suficiente para él.

Durante las últimas semanas Wilder parecía estar más reflexivo sobre su pasado, ya que el próximo mes alcanzaría un gran hito: cumplir 70 años. Sabía que Tracy estaba preparando una gran celebración de cumpleaños, así que bien podía prepararse para sonreír y soportarlo. Supuso que Adi, Twister y todos los nietos estarían allí. Los nietos eran muy divertidos y les encantaba la casa grande y la piscina. Eran un torbellino de actividad y, aunque Stubby estaba un poco irritado por la incursión en su mundo, eventualmente se uniría con algunos ladridos serios, corriendo y agarrando una pierna de mezclilla azul de uno de los niños cada vez que podía.

Wilder y Tracy tenían planeado otro viaje poco después de su cumpleaños. Querían ir a Argentina. Aunque habían viajado por Centro y Sudamérica, este sería un país nuevo para ellos. Estaba pensando en ese viaje, pero el pensamiento se desvaneció abruptamente debido a una intervención anormal.

Wilder sintió un empujón como el que sentía cada mañana, pero no era como el empujón de Tracy. Algo era diferente. Se despertó lentamente, aturdido y le dolía muchísimo la garganta. Extendió el brazo derecho y palpó unos tubos en el izquierdo. Intentó sentarse, pero no pudo.

Se frotó los ojos y miró alrededor de la habitación. No la reconoció. Había gente en la habitación. ¿Dónde estaba él? Luego sus ojos se enfocaron un poco. Vio a sus padres, no como eran cuando eran viejos y moribundos, sino mucho más jóvenes y sanos.

Wilder intentó hablar, pero sólo escuchó la voz de un joven que seguramente no era la suya. Volvió a mirar a su lado y alrededor de la habitación y no pudo encontrar a Tracy.

"¿Dónde está Tracy?" logró decir. "¡Santo Jesús!" dijo su papá. "¡Él ya puede hablar!" "¿Te refieres a la enfermera, hijo?" "Su turno terminó hace dos horas, justo después de que te quitaron los tubos de la boca y te estabas despertando." "Tracy y el Dr. Davis te han estado cuidando muy bien". "el Dr. Davis dijo que estarías aturdido y desorientado cuando salieras de esto, pero que pronto volverías a ser tu antiguo yo." "Tómatelo con calma por ahora."

"¡No entiendo esto!" "Estoy soñando, ¿verdad?" escuchó la voz del niño chillar. Intentó deslizarse fuera de la cama, pero no pudo controlar las piernas y cayó hacia atrás. "Tengo que salir de aquí. ¿Dónde están las llaves de mi coche? "¡El Beamer!"

"¡¿Las llaves de tu auto?!" "Jarvis, ¿de qué estás hablando?" "¡Tienes siete años y te falta aproximadamente una década para obtener tu licencia!" dijo su mamá con un clamor nervioso. "Obviamente has tenido algunos sueños locos mientras estuviste fuera". "¿Y qué diablos es un Beamer?"

Él quedó atónito y conmocionado. "¿Qué diablos está pasando aquí?" "¿Quién es Jarvis?" se preguntó a sí mismo más que a cualquier otra persona que pudiera estar al alcance del oído. Se escuchó la voz de ese niño otra vez.

"Jarvis, has estado en coma durante casi cuatro días", le explicó su padre con calma mientras se sentaba y acercaba la silla a la cama del hospital. "Durante tu partido de liga menor el sábado pasado, te golpearon en la cabeza con el extremo grueso de un bate roto mientras jugabas en la primera base. Caíste como un saco de patatas." "Pensamos que podría haberte matado o seguramente haberte causado algún daño que te duraría toda la vida." "Tendrías que quedarte aquí en el hospital unos días más, pero después de que el Dr. Davis retiró los tubos y revisó las últimas pruebas y radiografías, nos aseguró que estarás bien." "Hijo, tuviste suerte. Siempre has tenido suerte."

"Incluso cuando te llevemos a casa, tendrás que tomártelo con calma por un tiempo. Adi y Twister descubrieron que algo andaba mal porque no has estado en tu habitación durante días." "¡Esos dos perros estarán muy felices de verte!"

Cada palabra que escuchaba lo mordía como una serpiente de cascabel. ¡Adi y Twister! ¡Los perros! Algo en los bordes comenzó a regresar a él, pero aún no podía procesarlo. Abrumado, sacudió la cabeza y volvió a cerrar los ojos intentando despejar las telarañas. Esperaba que cuando los volviera a abrir, el sueño terminaría y estaría de vuelta con Tracy en la casa grande.

Dos horas más tarde, cuando despertó y abrió los ojos, sus "jóvenes" padres todavía estaban allí. Entonces reconoció la risa rápida y crepitante y el olor a lirio de agua. Vio el cabello negro como el carbón caer sobre sus ojos mientras ella se inclinaba hacia él y decía: "Hola, soy Tracy, tu enfermera. ¡Qué bueno verte despierto!"

Lake Cuicocha, Ecuador

Salento, Ecuador

Also by Ed Fair

Slow Descent and Other Little Stories
The Unlikely Twins and More Stories

Watch for more at https://ezflaw.wixsite.com/unpreditablestories.

About the Author

Ed Fair, author of the shorty-story collection THE UNLIKELY TWINS AND MORE STORIES and the poetry collection SLOW DESCENT AND OTHER LITTLE STORIES (all 5 star Amazon ratings), is a former music attorney and avid birder who discovered a love for writing late in life.

The newest release, *THE UNLIKELY TWINS AND OTHER STORIES*, is full of short stories in the literary, historical and suspense fiction genres. He writes like a modern-day O'Henry with stories full of unexpected twists and jaw-dropping endings.

Raised in Brownwood, Texas not far from the Texas-Mexico border, that area often serves as the inspiration and setting for his stories.

He earned degrees from the University of Texas at Austin and Virginia Commonwealth University. After a detour into the music business working with ZZ Top and others, he earned his law degree at UT Austin. He practicing in Los Angeles before again returned to Austin to teach music and entertainment law at UT Austin. Throughout his law practice he represented a wide range of high-profile music clients.

After retirement in 2018, the author moved to Costa Rica and is now traveling like a nomad with his girlfriend through Central and South America as he continues to work on his next wook.

Read more at https://ezflaw.wixsite.com/unpreditablestories.

About the Publisher

Self-Published by Ed Fair
ezflaw@gmail.com
Texas/Costa Rica/South America